中公文庫

小説集

吉原の面影

永井荷風／樋口一葉
[illegible]津柳浪／泉鏡花

中央公論新社

目次

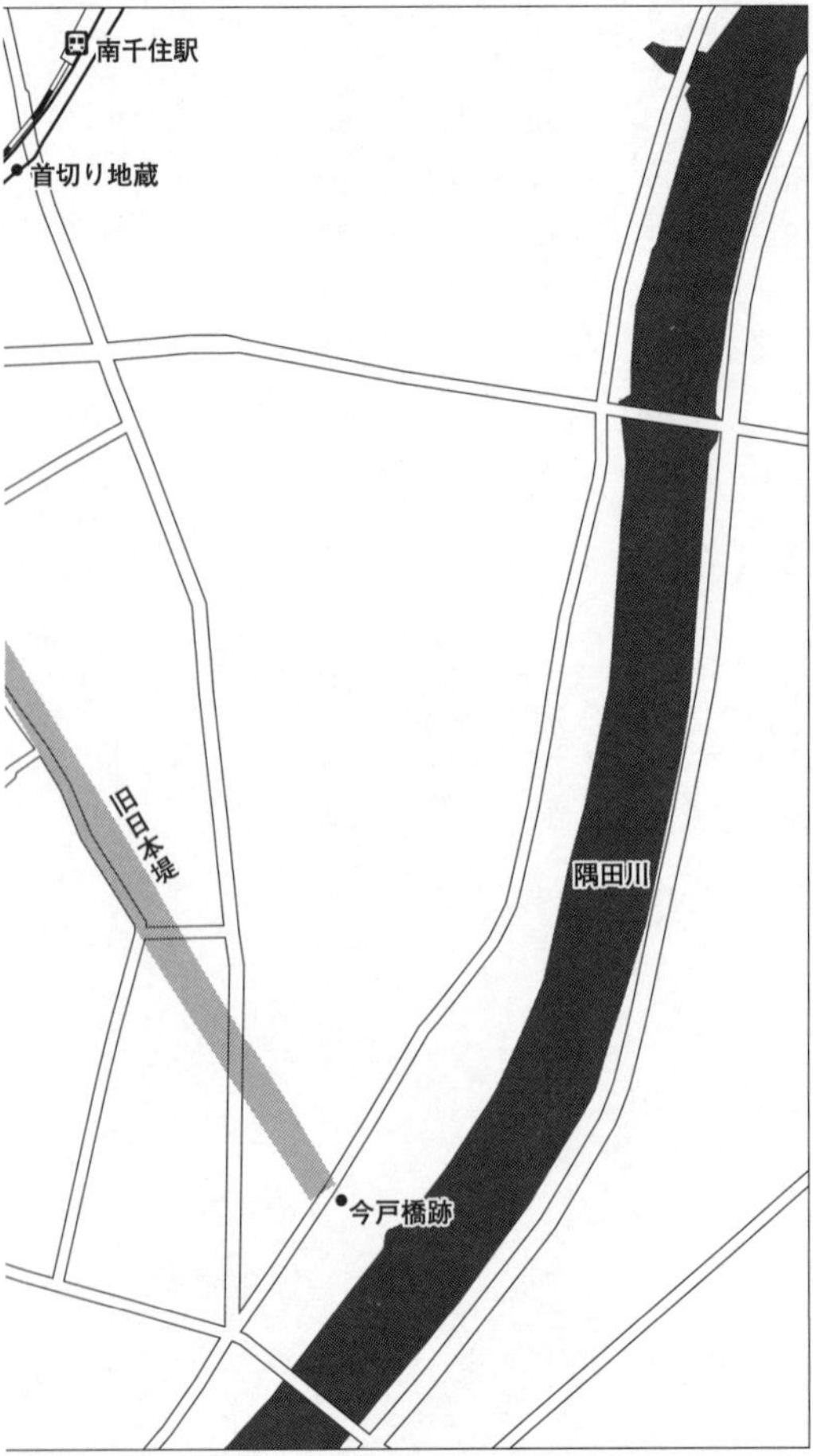
南千住駅
首切り地蔵
旧日本堤
隅田川
今戸橋跡

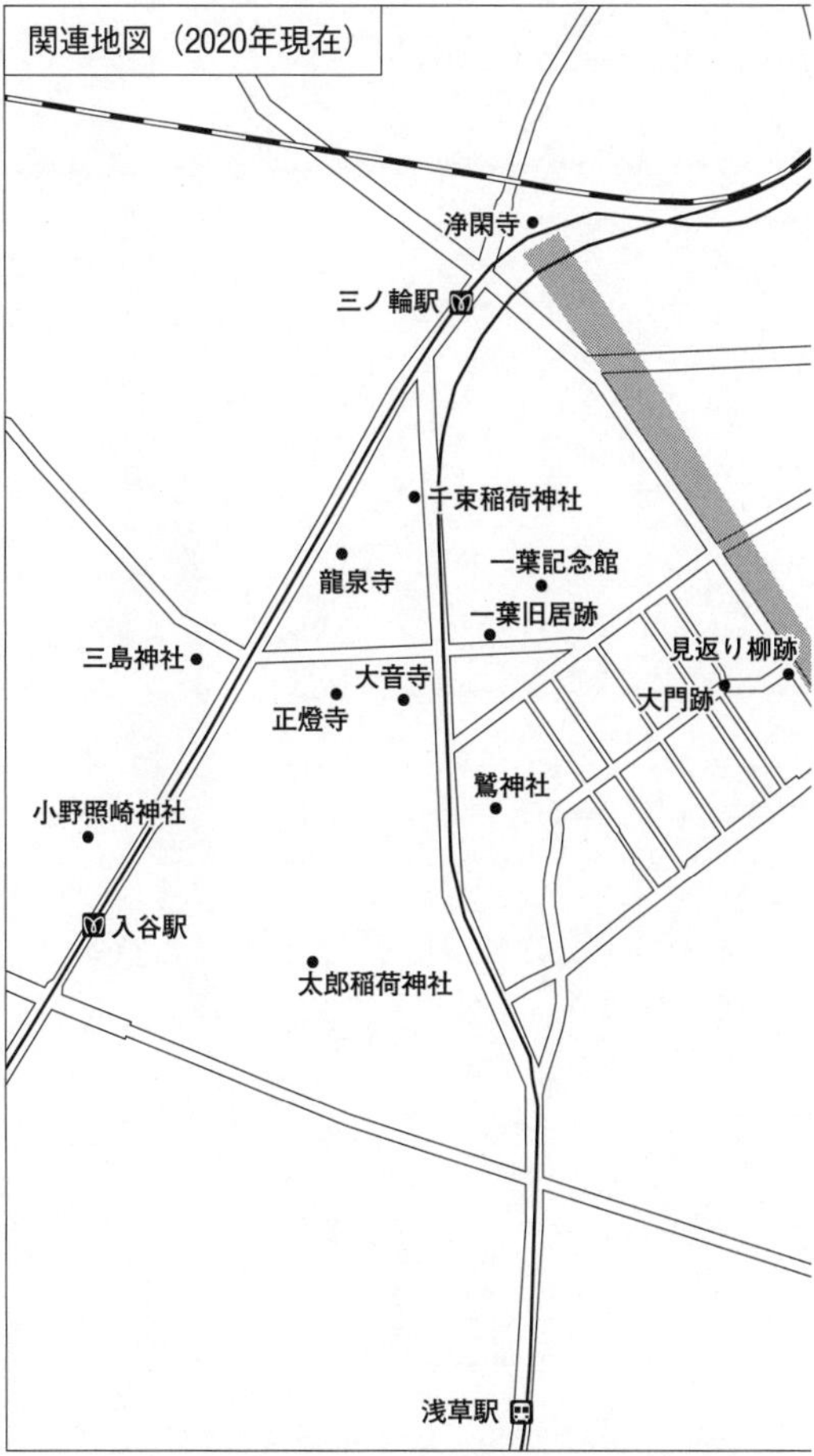
関連地図（2020年現在）
浄閑寺
三ノ輪駅
千束稲荷神社
一葉記念館
龍泉寺
一葉旧居跡
三島神社
見返り柳跡
大音寺
大門跡
正燈寺
鷲神社
小野照崎神社
入谷駅
太郎稲荷神社
浅草駅

小説集　吉原の面影

里の今昔

永井荷風

昭和二年の冬、酉《とり》の市《いち》へ行った時、山谷堀《さんやぼり》は既に埋められ、日本堤《にほんづつみ》は丁度取崩しの工事中であった。堤から下りて大音寺前《だいおんじまえ》の方へ行く曲輪外《くるわそと》の道も亦《また》取広げられていたが、一面に石塊《いしころ》が敷いてあって歩くことができなかった。吉原を通りぬけて鷲神社《おおとりじんじゃ》の境内《けいだい》に出ると、鳥居前の新道路は既に完成していて、平日は三輪行《みのわゆき》の電車や乗合自動車の往復する事をも、わたくしは其日《そのひ》初めて聞き知ったのである。

吉原の遊里は今年昭和甲戌《こうじゅつ》の秋、公娼廃止《こうしょうはいし》の令の出ずるを待たず、既に数年前、早く滅亡していたようなものである。其《その》旧習と其《その》情趣とを失えば、この古き名所は在《あ》っても無いのと同じである。

江戸のむかし、吉原の曲輪《くるわ》がその全盛の面影を留《とど》めたのは山東京伝《さんとうきょうでん》の著作と浮世絵とであった。明治時代の吉原と其《その》附近の町との情景は、一葉《いちよう》女史の「たけくらべ」、を残した。

　わたくしが弱冠《じゃっかん》の頃、初めて吉原の遊里を見に行ったのは明治三十年の春であった。「たけくらべ」が文芸倶楽部《クラブ》第二巻第四号に、「今戸心中」が同じく第二巻の第八号に掲載せられた其《その》翌年である。

　当時遊里の周囲は、浅草公園に向う南側千束町《せんぞくまち》三丁目を除いて、その他の三方には むかしのままの水田《みずだ》や竹藪や古池などが残っていたので、わたくしは二番目狂言の舞台で見馴れた書割《かきわり》、または「はや悲し吉原いでゝ麦ばたけ。」とか、「吉原へ矢先そろへて案山子《かかし》かな。」など云う江戸座の発句《ほっく》を、そのままの実景として眺めることができたのである。

　浄瑠璃と草双紙《くさぞうし》とに最初の文学的熱情を誘い出されたわれわれには、曲輪外のさびしい町と田圃《たんぼ》の景色とが、いかに豊富なる魅力を示したであろう。

　その頃、＊見返柳《みかえりやなぎ》の立っていた大門《おおもん》外の堤に佇《たたず》んで、東の方《かた》を見渡すと、地方今戸町《じかたいまどまち》の低い人家の屋根を越して、田圃のかなたに小塚《こづか》ッ原《ぱら》の女郎屋の裏手が見え、堤の直ぐ下には屠牛場や＊元結《もとゆい》の製造場などがあって、山谷堀へつづく一篠《ひとすじ》の溝渠《こうきょ》が横《よこた》わっていた。毒だみの花や、赤のままの花の咲いていた岸には、猫柳のような灌木が繁っていて、髪洗橋《かみあらいばし》などいう腐った木の橋が幾筋もかかっていた。

見返柳を後にして堤の上を半町ばかり行くと、左手へ降《おり》る細い道があった。此《これ》が竜泉寺町《りゅうせんじまち》の通で、「たけくらべ」第一回の書初めに見る叙景の文は即ちこの処であった。道の片側は*鉄漿溝《おはぐろどぶ》に沿うて、廓者《くるわもの》の住んでいる汚い長屋の立ちつづいた間から、江戸町一丁目と揚屋町《あげやまち》との非常門を望み、また女郎屋の裏木戸ごとに引上げられた幾筋の*刎橋《はねばし》が見えた。道は少し北へ曲って、長屋の間を行くこと半町ばかりにして火《ひ》の見梯子《みばしご》の立っている四辻に出る。このあたりを大音寺前と称《とな》えたのは、四辻の西南《にしみなみ》の角に大音寺という浄土宗の寺があったからである。辻を北に取れば竜泉寺の門前を過ぎて千束稲荷の方へ抜け、また真直に西の方へ行けば、三島神社《みしまじんじゃ》の石垣について阪《さか》本通《もとどおり》へ出るので、毎夜吉原通いの人力車《じんりきしゃ》がこの道を引きもきらず、提灯《ちょうちん》を振りながら走り過るのを、「たけくらべ」の作者は「十分間に七十五輛」と数えたのであった。

長屋は追々まばらになって、道も稍《やや》ひろく、その両側を流れる溝《どぶ》の水に石橋をわたし、生茂る竹むらを其儘《そのまま》の垣にした閑雅な門構《もんがまえ》の家がつづき出す。わたくしは曾《かつ》てそれ等《ら》の中の一構《ひとかまえ》が、有名な料理屋田川屋の跡だとかいうはなしを聞いたことがあった。「たけくらべ」に描かれている龍華寺《りゅうげじ》という寺。またおしゃまな娘美登里《みどり》の住んでいた大黒屋の寮*なども大方このあたりのすたれた寺や、風雅な潜門《くぐりもん》の家を、其のまま資料にしたものであろうと、通るごとにわたくしは門の内をのぞかずには居られなかった。江戸時代に楓《もみじ》の名所と云われた正燈寺《しょうとうじ》も亦《また》大音寺前に在《あ》ったが、庭内の楓樹《ふうじゅ》は久しき以前、既に枯れつくして、わたくしが散歩した頃には、門内の一樹がわずかに昔の名残を留めているに過ぎなかった。

大音寺は昭和の今日でも、お酉様《とりさま》の鳥居と筋向いになって、もとの処に仮普請《かりぶしん》の堂

＊見返柳　吉原遊郭の正門「大門」の外にあった柳。遊客が名残りに振り返ったからといわれる。
＊元結　髪の根を結い束ねるのに用いる紐。
＊鉄漿溝　お歯黒溝。吉原遊廓を囲む側溝で、遊女の逃亡を防ぐために掘られた。お歯黒の落し水を棄てたためか、水の濁りがそれに似て汚れていたことからいう。
＊刎橋　河岸店の裏口から廓外に出られるように装置された非常用のかけ橋。常は店側にあげられている。
＊寮　遊女屋の別宅。

を留《とど》めているが、然《しか》し周囲の光景があまりに甚《はなはだ》しく変ってしまったので、これを尋ねて見ても、同じ場処ではないような気がする程である。明治三十年頃、わたくしが「たけくらべ」や「今戸心中」をよんで歩き廻った時分のことを思い返すと、大音寺の門は現在電車通りに石の柱の立っている処ではなくして、別の処にあってその向きも亦《また》ちがっていたようである。現在の門は東向きであるが、昔は北に向い、道端からはずっと奥深い処に在《あ》ったように思われるが、然《しか》しこの記憶も今は甚だおぼろである。その頃お酉様の鳥居前へ出るには、大音寺前の辻を南に曲って行ったような気がする。辻を曲ると、道の片側には小家のつづいた屋根のうしろに吉原の病院が見え、片側は見渡すかぎり水田のつづいた彼方《かなた》に太郎稲荷の森が見えた。吉原田圃はこの処を云ったのである。裏田圃とも、また浅草田圃とも云った。単に反歩《たんぼ》とも云ったようである。

　吉原田圃の全景を眺めるには廓内京町《かくないきょうまち》一二丁目の西側、お歯黒溝《はぐろどぶ》に接した娼楼《しょうろう》の裏窓が最も其処《そのところ》を得ていた。この眺望は幸《さいわい》にして「今戸心中」の篇中に委《くわ》しく描き出されている。即ち次の如くである。

　忍《しのぶ》が岡《おか》と太郎稲荷《いなり》の森の梢には朝陽《あさひ》が際立ッて映《あた》ッている。入谷《いりや》はなお半分靄《もや》に包まれ、吉原田甫《たんぼ》は一面の霜である。空には一群一群の小鳥が輪を作ッて南の方へ飛んで行き、上野の森には烏《からす》が噪《さわ》ぎ始めた。大鷲《おおとり》神社の傍の田甫の白鷺《しらさぎ》が、一羽起《た》ち二羽起ち三羽立つと、明日の酉《とり》の市《まち》の売場に新らしく掛けた小屋から二三個《にん》の人が現われた。鉄漿溝《おはぐろどぶ》は泡《あわ》立ッたまま凍ッて、大音寺前の温泉の煙《けむ》は風に狂いながら流れている。

一声《いっせい》の汽笛が高く長く尻を引いて動き出した上野の一番汽車は、見る見るうちに岡の裾を繞《めぐ》ッて、根岸に入ッたかと思うと、天王寺の森にその煙も見えなくなッた。

この文を読んで、現在はセメントの新道路が松竹座の前から三ノ輪《みわ》に達し、また東西には二筋の大道路が隅田川の岸から上野谷中の方面に走っているさまを目撃すると、曾《かつ》て三十年前に白鷺の飛んでいたところだとは思われない。わたくしがこの文についてここに註釈を試みたくなったのも、滄桑《そうそう》の感に堪えない余りである。

「忍《しのぶ》ケ岡《おか》」は上野谷中の高台である。「太郎稲荷」はむかし柳河《やながわ》藩主立花氏の下屋敷《しもやしき》に在って、文化のころから流行《はや》りはじめた。屋敷の取払われた後、社殿と其《その》周囲の森とが浅草光月町《あさくさこうげつちょう》に残っていたが、わたくしが初めて尋ねて見た頃には、其《その》社殿さえわずかに形《かた》ばかりの小祠《しょうし》になっていた。「大音寺前の温泉」とは普通の風呂屋ではなく、料理屋を兼ねた旅館ではないかと思われる。其《その》名前や何かは之《これ》を詳《つまびらか》にしない。当時入谷には「松源《まつげん》」、根岸に「塩原《しおばら》」、根津《ねづ》に「紫明館《しめいかん》」、向島に「植半《うえはん》」、秋葉に「有馬温泉」などいう温泉宿があって、芸妓《げいぎ》をつれて泊りに行くものも尠《すくな》くなかった。「今戸心中」はその発表せられたころ、世の噂によると、京町二丁目の中米楼《なかごめろう》に在《あ》った情死を材料にしたものだと云う。然《しか》し中米楼は重《おも》に茶屋受の客を迎えていたのに、「今戸心中」の叙事には引手茶屋のことが見えていない。その頃裏田圃が見えて、そして刎橋《はねばし》のあった娼家で、中米楼についで稍《やや》格式のあったものは、わたくしの記憶する所では京二の松大黒《まつだいこく》と、京一の稲弁《いなべん》との二軒だけで、其《その》他は皆小格子《＊こごうし》であった。「今戸心中」が明治文壇の傑作として永く記憶せられているのは、篇中の人物の性格と情緒とが余す所なく精細に叙述せられているのみならず、又《また》妓楼全体の生活が渾然《こんぜん》として一幅の風俗画をなしているからである。篇中の事件は酉《とり》の市《いち》の前後から説き起されて、年末の煤払《すすはら》いに終っている。吉原の風俗と共に情死の事を説くには最も適切な時節を択《えら》んだところに作者の用意と苦心とが窺われる。わたくしはここに最終の一節を摘録しよう。

小万は涙ながら写真と遺書《かきおき》とを持ったまま、同じ二階の吉里の室へ走ッて行ッて見たが、もとより吉里のおろうはずがなく、お熊を始め書記の男と他に二人ばかりで騒いでいた。

小万は上の間へ行ッて窓から覗《のぞ》いたが、太郎稲荷、入谷金杉《かなすぎ》あたりの人家の燈火《ともしび》が散見《ちらつ》き、遠く上野の電気燈が鬼火《ひとだま》のように見えているばかりだ。

次の日の午時《ひる》ごろ、浅草警察署の手で、今戸の橋場寄りのある露路《ろじ》の中に、吉里が着て行ッたお熊の半天が脱ぎ捨ててあり、同じ露路の隅田河の岸には、娼妓《じょろう》の用いる上草履と男物の麻裏草履とが脱ぎ捨ててあッたことが知れた。（略）お熊は泣く泣く箕輪《みのわ》の無縁寺に葬むり、小万はお梅をやっては、七日七日の香華《こうげ》を手向《たむ》けさせた。

＊小格子　格の低い遊女屋。

箕輪の無縁寺は日本堤の尽きようとする処から、右手に降りて、畠道を行く事一二町の処に在《あ》った浄閑寺《じょうかんじ》を云うのである。明治三十二年の頃、わたくしが掃墓《そうぼ》に赴いた時には、堂宇は朽廃《きゅうはい》し墓地も荒れ果てていた。この寺はむかしから遊女の病死したもの、又は情死して引取手のないものを葬る処で、安政二年の震災に死した遊女の供養塔《くようとう》が目に立つばかり。其他《そのほか》の石は皆小さく蔦《つた》かつらに蔽《おお》われていた。その頃年少のわたくしがこの寺の所在を知ったのは宮戸座の役者たちが新比翼塚《ひよくづか》なるものに香華を手向けた話をきいた事からであった。新比翼塚は明治十二三年のころ品川楼で情死をした遊女盛糸《せいし》と内務省の小吏谷豊栄《たにほうえい》二人《ににん》の追善に建てられたのである。(因《ちなみ》に云う。竜泉寺町《りゅうせんじまち》の大音寺も亦《また》遊女の骨を埋めた処で、むかし蜀山人が碑の全文を里言葉でつくった遊女なにがしの墓のある事を故老から聞き伝えて、わたくしは両三度之《これ》を尋ねたが遂に尋ね得なかった事がある。)

日本堤を行き尽して浄閑寺に至るあたりの風景は、三四十年後の今日、これを追想すると、恍《こう》として前世を悟る思いがある。堤の上は大門近くとはちがって、小屋掛けの飲食店もなく、車夫も居《い》ず、人通りもなく、榎か何かの大木が立っていて、其《その》幹の間から、堤の下に竹垣を囲《めぐら》し池を穿《うが》った閑雅な住宅の庭が見下された。左右ともに水田のつづいた彼方《かなた》には鉄道線路の高い土手が眼界を遮《さえぎ》っていた。そして遥か東の方に*小塚《こづか》ッ原《ぱら》の大きな石地蔵《いしじぞう》の後向きになった背が望まれたのである。わたくしは若《も》し当時の遊記や日誌を失わずに持っていたならば、読者の倦《う》むをも顧《かえりみ》ずこれを採録せずには居《い》なかったであろう。

わたくしは遊廓をめぐる附近の町の光景を説いて、今余すところは南側の浅草の方面ばかりとなった。吉原から浅草に至る通路の重なるものは二筋あった。その一筋は大門を出て堤を右手に行くこと二三町、むかしは土手の平松《ひらまつ》とか云った料理屋の跡を、そのままの牛肉屋常磐《ときわ》の門前から斜に堤を下り、やがて真直《まっすぐ》に浅草公園の十二階下に出る千束町《せんぞくまち》二三丁目の通りである。他の一筋は堤の尽きるところ、道哲《どうてつ》の寺のあるあたりから田町《たまち》へ下りて馬道《うまみち》へつづく大通である。電車のない其《その》時分、廓《くるわ》へ通う人の最も繁く往復したのは、千束町二三丁目の道であった。

この道は、堤を下《お》りると左側には曲輪《くるわ》の側面、また非常門の見えたりする横町が幾筋もあって、車夫や廓者《くるわもの》などの住んでいた長屋のつづいていた光景は、「たけくらべ」

*小塚ッ原の大きな石地蔵　小塚原刑場に造立された首切り地蔵のこと。

に描かれた大音寺前《だいおんじまえ》の通りと変りがない。やがて小流れに石の橋がかかっていて、片側に交番、片側に平野という料理屋があった。それから公園に近くなるにつれて商店や飲食店が次第に増えて、賑《にぎやか》な町になるのであった。

震災の時まで、市川猿之助《いちかわえんのすけ》君が多年住んでいた家はこの通の西側に在《あ》った。酉の市《とりのいち》の晩には夜通し家を開け放ちにして通りがかりの来客に酒肴《さけさかな》を出すのを吉例としていたそうである。明治三十年頃には庭の裏手は一面の田圃であったという話を聞いたことがあった。さればそれより以前には、浅草から吉原へ行く道は馬道の他《ほか》は、皆田間《でんかん》の畦道《あぜみち》であった事が、地図を見るに及ばずして推察せられる。「たけくらべ」や「今戸心中」のつくられた頃、東京の町にはまだ市区改正の工事も起らず、従って電車もなく、また電話もなかったらしい。「今戸心中」をよんでも娼妓が電話を使用するところが見えない。東京の町々はその場処々々によって、各《おのおの》固有の面目を失わずにいた。例えば永代橋辺と両国辺とは、土地の商業をはじめ万事が同じではなかったように、吉原の遊里もまたどうやらこうやら伝来の風習と格式とを持続して行く事ができたのである。

泉鏡花の小説「註文帳」が雑誌「新小説」に出たのは明治三十四年で、一葉柳浪二家の作におくれること五六年である。二六新報の計画した娼妓自由廃業の運動はこの時既に世人の話柄《わへい》となっていたが、遊里の風俗は猶《なお》依然として変る所のなかった事は、「註文帳」の中に現《あらわ》れ来《きた》る人物や事件によっても窺い知ることが出来る。「註文帳」は廓外の寮に住んでいる娼家の娘が剃刀《かみそり》の祟《たたり》でその恋人を刺す話を述べたもので、お歯黒溝《はぐろどぶ》に沿うた陰鬱な路地裏の光景と、ここに棲息して娼妓の日用品を作ったり取扱ったりして暮しを立てている人たちの生活が描かれている。研屋《とぎや》の店先とその親爺との描写は此《この》作者にして初めて為《な》し得べき名文である。わたくしは「今戸心中」が其《その》時節を年の暮に取り、「たけくらべ」が残暑の秋を時節にして、各《おのおの》その創作に特別の風趣を添えているのと同じく、「註文帳」の作者が篇中その事件を述ぶるに当って雪の夜を択《えら》んだことを最も巧妙なる手段だと思っている。一立斎広重《いちりゅうさいひろしげ》の板画について、雪に埋れた日本堤や大門外の風景をよろこぶ鑑賞家は、鏡花子の筆致の之《これ》に匹如《ひつじょ》たることを認めるであろう。

鉄道馬車が廃せられて電車に替えられたのは、たしか明治三十六年である。世態人情の変化は漸《ようや》く急激となったが、しかし吉原の別天地は猶《なお》旧習を保持するだけの余裕があったものと見え、毎夜の*張見世《はりみせ》は猶廃止せられず、時節が来れば桜や*仁和賀《にわか》の催しも亦《また》つづけられていた。

わたくしはこの年から五六年、図《はか》らずも羇旅《きりょ》の人となったが、明治四十一年の秋、重ねて来り見るに及んで、転《うた》た前度《ぜんど》の劉郎《りゅうろう》たる思いをなさねばならなかった。仲《なか》の町《ちょう》にはビーヤホールが出来て、「秋信先通《しゅうしんまず》ず両行《りょうこう》の燈影《とうえい》」というような町の眺めの調和が破られ、張店《はりみせ》がなくなって＊五丁町《ごちょうまち》は薄暗く、土手に人力車の数の少くなった事が際立って目についた。明治四十三年八月の水害と、翌年《あくるとし》四月の大火とは遊里と其《その》周囲の町の光景とを変じて、次第に今日の如き特徴なき陋巷《ろうこう》に化せしむる階梯《かいてい》をつくった。世の文学雑誌を見るも遊里を描いた小説にして、当年の傑作に匹疇《ひっちゅう》すべきものは全くその跡を断つに至った。

遊里の光景と風俗とは、明治四十二三年以後に在《あ》っては最早やその時代の作家をして創作の感興を催さしむるには適しなくなったのである。何が故に然りと云うや。わたくしは一葉柳浪鏡花等の作中に現《あらわ》れ来《きた》る人物の境遇と情緒とは、江戸浄瑠璃中のものに彷彿《ほうふつ》としている事を言わねばならない。そして又《また》、それ等《ら》の人物は作家の趣味から作り出されたものでなく、皆実在のものをモデルにしていた事も一言して置かねばならない。ここに於《お》いてわたくしは三四十年以前の東京に在《あ》っては、作者の情緒と現実の生活との間に今日では想像のできない美妙なる調和が在った。この調和が即《すなわ》ち斯《か》くの如き諸篇を成さしめた所以《ゆえん》である事を感じるのである。

明治三十年代の吉原には江戸浄瑠璃に見るが如き叙事詩的の一面が猶《なお》実在していた。今戸心中、たけくらべ、註文帳の如き諸作はこの叙事詩的の一面を捉《とら》え来《きた》って描写の功を成したのである。「たけくらべ」第十回の一節はわたくしの所感を証明するに足りるであろう。

春は桜の賑わいよりかけて、なき玉菊が燈籠《とうろう》のころ、つづいて秋の新仁和賀《しんにわか》には十分間に車の飛ぶことこの通りのみにて七十五輛《りょう》と数えしも、二の替りさえいつしか過ぎて、赤蜻蛉《あかとんぼう》田圃に乱るれば横堀《よこぼり》に鶉《うずら》なくころも近づきぬ、朝夕の秋風身にしみ渡りて上清《じょうせい》が店の蚊遣香《かやりこう》懐炉灰に座をゆずり、石橋の田村やが粉挽《こなひ》

*張見世　遊郭において、遊女が往来に面した店先に並び、格子の内側で客を待つこと。また、その店。張店。
*仁和賀　茶番狂言で、吉原のそれは三大行事の一つ。
*五丁町　新吉原の五つの町。

く臼《うす》の音さびしく、角海老《かどえび》が時計の響きもそぞろ哀れの音《ね》を伝えるようになれば、四季絶え間なき日暮里《にっぽり》の火の光りもあれが人を焼く煙《けぶ》りかとうら悲しく、茶屋が裏ゆく土手下の細道に落ちかかるような三味の音を仰いで聞けば、仲之町《なかのちょう》芸者が冴《さ》えたる腕に、君が情の仮寝の床にと何ならぬ一ふし哀れも深く、この時節より通いそむるは浮かれ浮かるる遊客ならで、身にしみじみと実のあるお方のよし、遊女《つとめ》あがりの去る女《ひと》が申しき、

一葉が文の情調は柳浪の作中について見るも更に異《ことな》る所がない。二家の作は全く其《その》形式を異にしているのであるが、其《その》情調の叙事詩的なることは同一である。今戸心中第一回の数行を見よ。

太空《そら》は一片《ぺん》の雲も宿《とど》めないが黒味渡ッて、二十四日の月はまだ上らず、霊あるがごとき星のきらめきは、仰げば身も冽《しま》るほどである。不夜城を誇り顔の電気燈にも、霜枯れ三月《みつき》の淋《さび》しさは免《のが》れず、大門《おおもん》から水道尻《すいどうじり》まで、茶屋の二階に甲走《かんばし》ッた声のさざめきも聞えぬ。

明後日《あさって》が初酉《はつとり》の十一月八日、今年はやや温暖《あたた》かく小袖《こそで》を三枚重襲《みッつかさね》るほどにもないが、夜が深《ふ》けてはさすがに初冬の寒気《さむさ》が身に浸みる。少時前報《いまのさきう》ッたのは、角海老《かどえび》の大時計の十二時である。京町には素見客《ひやかし》の影も跡を絶ち、角町《すみちょう》には夜を警《いまし》めの鉄棒《かなぼう》の音も聞える。里の市が流して行く笛の音が長く尻を引いて、張店《はりみせ》にもやや雑談《はなし》の途《と》断《ぎ》れる時分となッた。廊下には上草履《うわぞうり》の音がさびれ、台の物の遺骸《いがい》を今室《へや》の外へ出しているところもある。はるかの三階からは甲走ッた声で、喜助どん喜助どんと床番を呼んでいる。

遊里の光景とその生活とには、浄瑠璃を聴くに異らぬ一種の哀調が漲《みなぎ》っていた。この哀調は、小説家が其《その》趣味から作り出した技巧の結果ではなかった。独り遊里のみには限らない。この哀調は過去の東京に在《あ》っては繁華な下町にも、静な山の手の町にも、折に触れ時につれて、切々として人の官覚を動す力があった。然《しか》し歳月の過《す》ぐるに従い、繁激なる近世的都市の騒音と燈光とは全くこの哀調を滅してしまったのである。生活の音調が変化したのである。わたくしは三十年前の東京には江戸時代の生活の音調と同じきものが残っていた。そして、その最後の余韻が吉原の遊里に於《お》いて殊に著しく聴取せられた事をここに語ればよいのである。

遊里の存亡と公娼の興廃の如きはこれを論ずるに及ばない。ギリシヤ古典の芸術を尊むがために、誰か今日、時代の復古を夢見るものがあろう。

甲戌《こうじゅつ》十二月記

昭和十年三月「中央公論」

たけくらべ

樋口一葉

一

廻《まわ》れば大門《おおもん》の*見返り柳いと長けれど、*お歯ぐろ溝《どぶ》に燈火《ともしび》うつる三階の騒ぎも手に取るごとく、明けくれなしの車の行き来にはかり知られぬ全盛をうらないて、大音寺前《だいおんじまえ》と名は仏くさけれど、さりとは陽気の町と住みたる人の申しき、三嶋神社《みしまさま》の角をまがりてよりこれぞと見ゆる大厦《いえ》もなく、かたぶく軒端《のきば》の十軒長屋二十軒長や、商いはかつふつ利《き》かぬところとて半ばさしたる雨戸の外に、あやしき形《なり》に紙を切りなして、胡《ご》粉《ふん》ぬりくり彩色のある田楽《でんがく》みるよう、裏にはりたる串《くし》のさまもおかし、一軒ならず二軒ならず、朝日に干して夕日にしまう手当ことごとしく、一家内これにかかりてそれは何ぞと問うに、知らずや霜月*酉《とり》の日例の神社に欲深様《よくふかさま》のかつぎ給うこれぞ熊手《くまで》の下ごしらえという、正月門松とりすつるよりかかりて、一年うち通しのそれは誠の商売人、片手わざにも夏より手足を色どりて、新年着《はるぎ》の支度《したく》もこれをば当てぞかし、南無《なむ》や大鳥大明神、買う人にさえ大福をあたえ給えば製造もとのわれら万倍の利益をと人ごとに言うめれど、さりとは思いのほかなるもの、このあたりに大長者のうわさも聞かざりき、住む人の多くは廓者《くるわもの》にて良人《おっと》は*小格子《こごうし》の何とやら、下足札そろえてがらんがらんの音もいそがしや夕暮れより羽織引きかけて立ち出《い》づれば、うしろに切火《きりび》打ちかくる女房の顔もこれが見納めか十人ぎりの側杖《そばづえ》無理情死《しんじゅう》のしそこね、恨みはかかる身のはて危うく、すわと言わば命がけの勤めに遊山《ゆさん》らしく見ゆるもおかし、娘は*大籬《おおまがき》の*下新造《したしんぞ》とやら、*七軒の何屋が客廻しとやら、提燈《かんばん》さげてちょこちょこ走りの

*見返り柳　「里の今昔」注参照。
*お歯ぐろ溝　「里の今昔」注参照。
*酉の日　十一月の酉の日。この日は関東各地の鷲神社の祭日で、下谷竜泉寺町鷲神社の酉の市は最も有名。十一月中に酉の日が二回ある年と三回ある年がある。
*小格子の…　「小格子」は格の低い遊女屋。「がらんがらん」とは、妓夫が夕方開店の合図に、下足札を束ねて土間の敷石に打ちつけ、結えた紐で引き寄せ、これを繰り返す所作。
*大籬　最も格式の高い妓楼。大店。
*下新造　振袖新造のこと。新造には振袖新造と番頭新造とがあり、振袖新造は花魁に仕える若い女でのち遊女となる。番頭新造は大体三十歳以上で、初めから奉公人として雇われるものと、年季が明けた遊女がなるのとある。
*七軒　大門から江戸町にかけて、吉原で一番格の高い七軒の引手茶屋。

修業、卒業して何にかなる、とかくは檜舞台《ひのきぶたい》と見たつるもおかしからずや、垢《あか》ぬけのせし三十あまりの年増《としま》、小ざっぱりとせし唐桟《とうざん》ぞろいに紺足袋《こんたび》はきて、雪駄《せった》ちゃらちゃら忙がしげに横抱きの小包みはとわでもしるし、*茶屋が桟橋《さんばし》とんと沙汰《さた》して、廻り遠やここからあげまする、誂《あつら》え物の仕事やさんとこのあたりには言うぞかし、一体の風俗よそと変りて、女子《おなご》の後帯《うしろおび》きちんとせし人少なく、がらを好みて巾広《はばびろ》の巻帯《まきおび》、年増はまだよし、十五六の小癪《こしゃく》なるが酸漿《ほおずき》ふくんでこの姿《なり》はと目をふさぐ人もあるべし、ところがら是非もなや、昨日*河岸店《かしみせ》に何紫《なにむらさき》の源氏名《げんじな》耳に残れど、きょうは地廻りの吉《きち》と手馴《てな》れぬ焼鳥の夜店を出して、身代たたき骨《ぼね》になれば再び古巣への内儀《かみさま》姿《すがた》、どこやら素人《しろうと》よりは見よげに覚えて、これに染まらぬ子供もなし、秋は九月*仁《に》和賀《わか》のころの大路を見給え、さりとはよくも学びし*露八《ろはち》が物真似《ものまね》、栄喜《えいき》が処作《しょさ》、孟子《もうし》の母やおどろかん上達の速《すみ》やかさ、うまいと褒《ほ》められて今宵《こよい》も一廻りと生意気は七つ八つよりつのりて、やがては肩に置き手ぬぐい、鼻歌のそそり節、十五の少年がませかた恐ろし、学校の唱歌にもぎっちょんちょんと拍子を取りて、運動会に木やり音頭《おんど》もなしかねまじき風情《ふぜい》、さらでも教育はむずかしきに教師の苦心さこそと思わるる入《いり》谷《や》ぢかくに育英舎とて、私立なれども生徒の数は千人近く、狭き校舎に目白押しの窮屈さも教師が人望いよいよあらわれて、ただ学校と一ト口にてこのあたりには呑込《のみこ》みのつくほどなるがあり、通う子供の数々にあるいは火消し鳶人足《とびにんそく》、おとっさんは刎橋《はねばし》の番屋にいるよと習わずして知るその道のかしこさ、梯子《はしご》のりのまねびにアレ忍びがえしを折りましたと訴えのつべこべ、三百という代言の子もあるべし、お前の父《とと》さんは馬*だねえと言われて、名のりやつらき子心にも顔あからめるしおらしさ、出入りの貸座敷*《いえ》の秘蔵息子《むすこ》寮*住居に華族さまを気取りて、ふさつき帽子面もちゆたかに洋服かるがると花々しきを、坊っちゃん坊っちゃんとてこの子の追従《ついしょう》するもおかし、

＊茶屋が桟橋　引手茶屋の裏にかかっている刎橋。
＊河岸店に…　「河岸店」はお歯黒どぶに沿った小店。「源氏名」とは遊女、芸妓の妓名で、小紫とか今紫とかいう名をぼかして何紫と言ったもの。
＊仁和賀　「里の今昔」注参照。
＊露八が物真似…　「露八」（一八三三～一九〇三）は旗本くずれの松迺家露八で荻江節をよくした。「栄喜」は三代目清元栄喜太夫のこと。ともに吉原で有名な幇間。
＊馬　勘定を払えぬ客について行く付け馬のこと。
＊貸座敷　遊女屋。
＊寮　「里の今昔」注参照。

多くの中に竜華寺《りゅうげじ》の信如《しんにょ》とて、千筋《ちすじ》となずる黒髪も今いく歳《とせ》のさかりにか、やがては墨染めにかえぬべき袖《そで》の色、発心《ほっしん》は腹からか、坊は親ゆずりの勉強ものあり、性来《せいらい》おとなしきを友達いぶせく思いて、さまざまのいたずらをしかけ、猫《ねこ》の死骸《しがい》を縄《なわ》にくくりてお役目なれば引導をたのみますと投げつけしこともありしが、それは昔、今は校内一の人とて仮にも侮りての処業《しょぎょう》はなかりき、歳は十五、並背《なみぜい》にていが栗《ぐり》の頭髪《つむり》も思いなしか俗とは変りて、藤本信如《ふじもとのぶゆき》と訓《よ》みにてすませど、どこやら釈《しゃく》といいたげの素振りなり。

二

八月二十日は千束《せんぞく》神社のまつりとて、山車《だし》屋台に町々の見得をはりて土手をのぼりて廓内《なか》までも入り込まんず勢い、若者が気組み思いやるべし、聞きかじりに子供とて由断《ゆだん》のなりがたきこのあたりのなれば、そろいの裕衣《ゆかた》は言わでものこと、めいめいに申し合わせて生意気のありたけ、聞かば胆《きも》もつぶれぬべし、横町組とみずからゆるしたる乱暴の子供大将に頭《かしら》の長《ちょう》とて歳《とし》も十六、仁和賀*の金棒に親父《おやじ》の代理をつとめしより気位えらくなりて、帯は腰の先に、返事は鼻の先にていうものと定め、にくらしき風俗、あれが頭の子でなくばと鳶人足が女房の蔭口《かげぐち》に聞えぬ、心一ぱいにわがままを徹《とお》して身に合わぬ巾をも広げしが、表町に田中屋の正太郎《しょうたろう》とて歳はわれに三つ劣れど、家に金あり身に愛嬌《あいきょう》あれば人も憎くまぬ当の敵《かたき》あり、われは私立の学校へ通いしを、先方《さき》は公立なりとて同じ唱歌も本家のような顔をしおる、去年《こぞ》も一昨年《おととし》も先方《さき》には大人の末社がつきて、まつりの趣向もわれよりは花を咲かせ、喧嘩《けんか》に手出しのなりがたき仕組みもありき、今年またもや負けにならば、誰《だ》れだと思う横町の長吉《ちょうきち》だぞとつねの力だては空《から》いばりとけなされて、弁天ぼりに水およぎの折もわが組になる人は多かるまじ、力を言わばわが方《ほう》がつよけれど、田中屋がおとなしぶりにごまかされて、一つは学問ができおるを恐れ、わが横町組の太郎吉《たろきち》、三五郎など、内々はあちらがたになりたるも口惜《くちお》し、まつりは明後日《あさって》、いよいよわが方《かた》が負け色と見えたらば、破れかぶれに暴《あば》れて暴れて、正太郎が面《つら》に疵《きず》一つ、われも片眼片足なきものと思えばしやすし、加担人《かとうど》は車屋の丑《うし》*に元結よりの文《ぶん》、手遊屋《おもちゃや》の弥助《やすけ》などあらば引けは取るま

*金棒　行列の先頭に立って金棒をついて歩く役。

じ、おおそれよりはかの人のことあの人のこと、藤本のならばよき智恵《ちえ》も貸してくれんと、十八日の暮れちかく、物いえば眼口にうるさき蚊を払いて竹村しげき竜華寺の庭先から信如《しんにょ》が部屋へのそりのそりと、信《のぶ》さんいるかと顔を出しぬ。

おれのすることは乱暴だと人がいう、乱暴かも知れないが口惜《くや》しいことは口惜しいや、なあ聞いとくれ信さん、去年もおれがところの末《すえ》弟の奴《やつ》と正太郎組のちび野郎と万燈《まんどう》のたたき合いから始まって、それというと奴の中間《なかま》がばらばらと飛出しゃあがって、どうだろう小さな者の万燈を打《ぶ》ちこわしちまって、胴揚げにしやがって、見やがれ横町のざまをと一人がいうと、間抜けに背のたかい大人のような面《つら》をしている団子屋の頓馬《とんま》が、頭《かしら》もあるものか尻尾《しっぽ》だ尻尾だ、豚の尻尾だなんて悪口《あっこう》を言ったとさ、おらあその時千束様へねり込んでいたもんだから、あとで聞いた時にじきさま仕かえしに行こうと言ったら、親父《とっ》さんに頭から小言を喰《く》ってその時も泣き寝入り、一昨年はそらね、お前も知ってる通り筆屋の店へ表町の若い衆《しゅ》が寄り合って茶番か何かやったろう、あの時おれが見に行ったら、横町は横町の趣向がありましょうなんて、おつなことを言いやがって、正太ばかり客にしたのも胸にあるわな、いくら金があるとって質屋のくずれの高利貸がなんたらさまだ、あんな奴を生かしておくより擲《たた》きころす方が世間のためだ、おいらあ今度のまつりにはどうしても乱暴に仕掛けて取りかえしをつけようと思うよ、だから信さん友達がいに、それはお前がいやだというのも知れてるけれどもどうぞおれの肩を持って、横町組の恥をすすぐのだから、ね、おい、本家本元の唱歌だなんて威張りおる正太郎を取っちめてくれないか、おれが私立の寝ぼけ生徒といわれればお前のことも同然だから、後生だ、どうぞ、助けると思って大万燈を振り廻しておくれ、おれは心《しん》から底から口惜しくって、今度負けたら長吉の立端《たちば》はないと無茶にくやしがって大幅の肩をゆすりぬ。だって僕は弱いもの。弱くてもいいよ。万燈は振り廻せないよ。振り廻さなくてもいいよ。僕がはいると負けるがいいかえ。負けてもいいのさ、それは仕方がないと諦《あきら》めるから、お前は何もしないでいいからただ横町の組だという名で、威張ってさえくれると豪気《ごうぎ》に人気《じんき》がつくからね、おれはこんな無学漢《わからずや》だのにお前は学《もの》ができるからね、向うの奴が漢語か何かで冷かしでも言ったら、こっちも漢語でしかえしておくれ、ああいい心持ださっぱりしたお前が承知をしてくれればもう千人力だ、信さんありがとうと常にない優しき言葉も出づるも

＊元結より　髪を結ぶ元結をつくる内職。

のなり。

一人は三尺帯に突ッかけ草履《ぞうり》の仕事師の息子、一人はかわ色金巾《いろかなきん》の羽織に紫の兵子帯《へこおび》という坊様仕立て、思うことはうらはらに、話しは常に喰い違いがちなれど、長吉はわが門前に産声《うぶごえ》を揚げしものと大和尚《だいおしょう》夫妻が贔屓《ひいき》もあり、同じ学校へかよえば私立私立とけなされるも心わるきに、元来愛敬《あいきょう》のなき長吉なれば心から味方につく者もなき憐《あわ》れさ、先方《さき》は町内の若い衆どもまで尻押《しりお》しをして、ひがみではなし長吉が負けを取ること罪は田中屋がたに少なからず、見かけて頼まれし義理としてもいやとは言いかねて信如、それではお前の組になるさ、なるといったら嘘《うそ》はないが、なるべく喧嘩はせぬ方が勝ちだよ、いよいよ先方《さき》が売りに出たら仕方がない、何いざと言えば田中の正太郎ぐらい小指の先さと、わが力のないは忘れて、信如は机の引出しから京都みやげに貰《もら》いたる、小鍛冶《こかじ》の小刀を取り出して見すれば、よくきれそうだねえと覗《のぞ》き込む長吉が顔、あぶなしこれを振り廻してなることか。

三

解かば足にもとどくべき毛髪《かみ》を、根あがりに堅くつめて前髪大きく髷《まげ》おもたげの、*赭熊《しゃぐま》という名は恐ろしけれど、これをこのごろのはやりとて良家《よきしゅ》の令嬢《むすめご》も遊ばさるるぞかし、色白に鼻筋とおりて、口もとは小さからねど締りたれば醜くからず、一つ一つに取りたてては美人の鑑《かがみ》に遠けれど、物いう声の細く清《すず》しき、人を見る目の愛敬あふれて、身のこなしの活《い》き活《い》きしたるは快きものなり、柿色《かきいろ》に蝶鳥《ちょうとり》を染めたる大形の裕衣《ゆかた》きて、黒繻子《くろじゅす》と染分絞《そめわけしぼ》りの*昼夜帯《ちゅうやおび》胸だかに、足にはぬり木履《ぼくり》ここらあたりにも多くは見かけぬ高きをはきて、朝湯の帰りに首筋白々と手拭《てぬぐ》いさげたる立ち姿を、今三年の後に見たしと廓《くるわ》がえりの若者は申しき、大黒屋《だいこくや》の美登利《みどり》とて生国は紀州、言葉のいささか訛《なま》れるも可愛《かわゆ》く、第一は切れ離れよき気象を喜ばぬ人なし、子供に似

＊赭熊　縮れ毛でつくった入れ毛。ここではそれを使って結う赭熊髷のこと。
＊昼夜帯　裏と表に別な布を用いて仕立てた女帯。

合わぬ銀貨入れの重きも道理、姉なる人が全盛のなごり、ひいては遣手新造《やりてしんぞ》が姉への世辞にも、美《み》いちゃん人形をお買いなされ、これはほんの手鞠代《てまりだい》と、くれるに恩を着せねば貰う身のありがたくも覚えず、まくはまくは、同級の女生徒二十人に揃《そろ》いのごむ鞠を与えしはおろかのこと、馴染《なじ》みの筆やに店《たな》ざらしの手遊びを買いしめて、喜ばせしこともあり、さりとは日々夜々の散財この歳この身分にてかなうべきにあらず、末は何となる身ぞ、両親ありながら大目に見てあらきことばをかけたることもなく、楼の主《あるじ》が大切がるさまも怪しきに、聞けば養女にもあらず親戚《しんせき》にてはもとよりなく、姉なる人が身売りの当時、鑑定《めきき》に来たりし楼の主が誘いにまかせ、この地に活計《たつき》もとむとて親子三人《みたり》が旅衣、たち出でしはこのわけ、それより奥は何なれや、今は寮のあずかりをして母は遊女の仕立物、父は小格子の書記になりぬ、この身は遊芸手芸学校にも通わせられて、そのほかは心のまま、半日は姉の部屋、半日は町に遊んで見聞くは三味《さみ》に太鼓にあけ紫のなり形、はじめ藤色絞りの半襟《はんえり》を袷《あわせ》にかけて着て歩るきしに、田舎者《いなかもの》いなか者と町内の娘どもに笑われしを口惜《くや》しがりて、三日三夜泣きつづけしこともありしが、今はわれより人々を嘲《あざけ》りて、野暮な姿と打ちつけの悪《にく》まれ口を、言い返すものもなくなりぬ。二十日はお祭りなれば心一ぱい面白いことをしてと友達のせがむに、趣向は何なりとめいめいに工夫して大勢のいいことがいいではないか、幾らでもいい私が出すからとて例の通り勘定なしの引き受けに、子供中間《なかま》の女王様《にょおうさま》またとあるまじき恵みは大人よりも利きが早く、茶番にしよう、どこのか店を借りて往来から見えるようにしてと一人が言えば、馬鹿を言え、それよりはお神輿《みこし》をこしらえておくれな、蒲田屋《かばたや》の奥に飾ってあるような本当のを、重くてもかまいはしない、やっちょいやっちょいわけなしだと捩《ね》じ鉢巻《はちまき》をする男子《おとこ》のそばから、それでは私たちがつまらない、みんなが騒ぐを見るばかりでは美登利さんだとて面白くはあるまい、なんでもお前のいい物におしよと、女の一むれは祭りを抜きに常盤座《ときわざ》をと、言いたげの口ぶりおかし、田中の正太は可愛《かわい》らしい眼をぐるぐると動かして、幻燈にしないか、幻燈に、おれのところにも少しはあるし、足りないのを美登利さんに買ってもらって、筆やの店でやろうではないか、おれが映《うつ》し人《て》で横町の三五郎に口上を言わせよう、美登利さんそれにしないかと言えば、ああそれは面白かろう、三ちゃんの口上ならば誰れも笑わずにはいられまい、ついでにあの顔がうつるとなおおもしろいと相談はととのいて、不足の品を正太が買物役、汗になりて飛び廻るもおかしく、いよいよ明日《あす》となりては横町までもその沙汰《さた》聞えぬ。

四

打つや鼓のしらべ、三味の音色にことかかぬ場処も、祭りは別物、酉《とり》の市《いち》を除《の》けては一年一度の賑《にぎ》わいぞかし、三嶋さま＊小野照《おのてる》さま、お隣《となり》社ずから負けまじの競《きそ》い心おかしく、横町も表も揃いは同じ真岡木綿《もうかもめん》に町名《ちょうみょう》くずしを、去歳《こぞ》よりはよからぬ形とつぶやくもありし、口なし染めの麻だすきなるほど太きを好みて、十四五より以下なるは、達磨《だるま》、木兎《みみずく》、犬はり子、さまざまの手遊びを数多きほど見得にして、七つ九つ十一つくるもあり、大鈴小鈴背中にがらつかせて、駆け出す足袋はだしの勇ましくおかし、群れを離れて田中の正太が赤筋入りの印半天《しるしばんてん》、色白の首筋に紺の腹がけ、さりとは見なれぬいでたちとおもうに、しごいて締めし帯の水浅黄も、見よや縮緬《ちりめん》の上染《じょうぞ》め、襟の印のあがりも際立《きわだ》ちて、うしろ鉢巻きに山車《だし》の花一枝《いっし》、革緒《かわお》の雪駄おとのみはすれど、馬鹿ばやしの中間《なかま》には入らざりき、夜宮はことなく過ぎて今日一日の日も夕ぐれ、筆やが店に寄り合いしは十二人、一人かけたる美登利が夕化粧の長さに、まだかまだかと正太は門《かど》へ出つ入りつして、呼んで来い三五郎、お前はまだ大黒屋の寮へ行ったことがあるまい、庭先から美登利さんと言えば聞えるはず、早く、早くと言うに、それならばおれが呼んで来る、万燈はここへあずけて行けば誰れも蠟燭《ろうそく》ぬすむまい、正太さん番をたのむとあるに、けちな奴め、その手間で早く行けとわが年したに叱《し》かられて、おっと来たさの次郎左衛門《じろざえもん》、今の間《ま》とかけ出して韋駄天《いだてん》とはこれをや、あれあの飛びようがおかしいとて見送りし女子《おなご》どもの笑うも無理ならず、横ぶとりして背《せい》ひくく、頭《つむり》の形《なり》は才槌《さいづち》とて首みじかく、振りむけての面《おもて》を見れば出額《でびたい》の獅子鼻《ししばな》、反歯《そっぱ》の三五郎という仇名《あだな》おもうべし、色は論なく黒きに感心なは目つきどこまでもおどけて両の頰《ほお》に笑《え》くぼの愛敬、目かくしの福笑いに見るような眉《まゆ》のつき方も、さりとはおかしく罪のなき子なり、貧なれや阿波《あわ》ちぢみの筒袖、おれは揃いが間に合わなんだと知らぬ友には言うぞかし、われを頭《かしら》に六人の子供を、養う親も轅棒《かじぼう》にすがる身なり、*五十軒によき得意場は持ちたりとも、内証の車は商売もののほかなれ

*小野照さま　下谷入谷の小野照崎神社。
*五十軒　五十間。日本堤から大門までを五十間道といい、転じてその道筋にある引手茶屋をさした。

ば詮《せん》なく、十三になれば片腕と一昨年《おととし》より並木の活判処《かっぱんじょ》へも通いしが、なまけものなれば十日の辛棒つづかず、一ト月と同じ職もなくて霜月より春へかけては突羽根《つくばね》の内職、夏は*検査場の氷屋が手伝いして、呼び声おかしく客を引くに上手《じょうず》なれば、人には調法がられぬ、去年《こぞ》は仁和賀《にわか》の台引きに出でしより、友達いやしがりて*万年町《まんねんちょう》の呼び名今に残れども、三五郎といえばおどけ者と承知して憎くむ者のなきも一徳なりし、田中屋はわが命の綱、親子がこうむる御恩すくなからず、日歩とかや言いて利金安からぬ借りなれど、これなくてはの金主様《きんしゅさま》あだには思うべしや、三公おれが町へ遊びに来いと呼ばれていやとは言われぬ義理あり、されどもわれは横町に生まれて横町に育ちたる身、住む地処は竜華寺のもの、家主《いえぬし》は長吉が親なれば、表むきかなたに背《そむ》くことかなわず、内々にこっちの用をたして、にらまるる時の役廻りつらし。正太は筆やの店へ腰をかけて、待つ間のつれづれに*忍ぶ恋路を小声にうたえば、あれ由断がならぬと内儀《かみ》さまに笑われて、何がなしに耳の根あかく、まじくないの高声にみんなも来いと呼びつれて表へ駆け出す出合い頭《がしら》、正太は夕飯《ゆうめし》なぜ喰《た》べぬ、遊びに耄《ほう》けてさっきにから呼ぶをも知らぬか、どなたもまたのちほど遊ばせて下され、これはお世話と筆やの妻にも挨拶《あいさつ》して、祖母《ばば》がみずからの迎いに正太いやが言われず、そのまま連れて帰らるるあとはにわかに淋《さび》しく、人数《にんず》はさのみ変らねどあの子が見えねば大人までも寂しい、馬鹿さわぎもせねば串談《じょうだん》も三ちゃんのようではなけれど、人好きのするは金持の息子さんに珍らしい愛敬、なんと御覧じたか田中屋の後家さまがいやらしさを、あれで年は六十四、白粉《おしろい》をつけぬがめっけものなれど丸髷の大きさ、猫なで声して人の死ぬをも構わず、大方臨終《おしまい》は金と情死《しんじゅう》なさるやら、それでもこちどもの頭《つむり》の上らぬはあの物の御威光、さりとは欲しや、廓内《なか》の大きい楼《うち》にも大分の貸付けがあるらしゅう聞きましたと、大路に立ちて二三人の女房よその財産《たから》を数えぬ。

五

*待つ身につらき夜半《よわ》の置炬燵《おきごたつ》、それは恋ぞかし、吹く風すずしき夏の夕ぐれ、ひる

＊検査場　娼妓の健康診断所。毎週検梅のため娼妓が行く。
＊万年町　下谷の町名で、貧民街として有名。
＊忍ぶ恋路　端唄「忍ぶ恋路」。
＊待つ身につらき…　端唄の文句。

の暑さを風呂に流して、身じまいの姿見、母親が手ずからそそけ髪つくろいて、わが子ながら美くしきを立ちて見、いて見、首筋が薄かったとなおぞいいける、単衣《ひとえ》は水色友仙《ゆうぜん》の涼しげに、白茶金《しらちゃきん》らんの丸帯少し幅の狭いを結ばせて、庭石に下駄直すまで時は移りぬ。まだかまだかと塀《へい》の廻りを七たび廻り、欠伸《あくび》の数も尽きて、払うとすれど名物の蚊に首筋額ぎわしたたか螫《さ》され、三五郎弱りきる時、美登利立ち出でていざと言うに、こなたは言葉もなく袖を捉《とら》えて駆け出せば、息がはずむ、胸が痛い、そんなに急ぐならばこちは知らぬ、お前一人でおいでと怒られて、別れ別れの到着、筆やの店へ来し時は正太が夕飯の最中《もなか》とおぼえし。ああ面白くない、おもしろくない、あの人が来なければ幻燈をはじめるのもいや、伯母《おば》さんここの家《うち》に*智恵の板は売りませぬか、*十六武蔵《むさし》でもなんでもよい、手が暇で困ると美登利の淋しがれば、それよと即《そく》坐《ざ》に鋏《はさみ》を借りて女子《おなご》づれは切り抜きにかかる、男は三五郎を中に仁和賀《にわか》のさらい、*北《ほっ》廓《かく》全盛見わたせば、軒は提燈《ちょうちん》電気燈、いつも賑わう*五丁町、と諸声《もろごえ》おかしくはやし立つるに、記憶《おぼえ》のよければ去年一昨年《こぞおととし》とさかのぼりて、手ぶり手拍子ひとつも変ることなし、うかれ立ちたる十人あまりの騒ぎなれば何事と門《かど》に立ちて人垣《ひとがき》をつくりし中より。三五郎はいるか、ちょっと来てくれ大急ぎだと、文次《ぶんじ》という元結よりの呼ぶに、何の用意もなくおいしょ、よし来たと身がるに敷居を飛びこゆる時、この二タ股《また》野郎覚悟をしろ、横町の面《つら》よごしめただは置かぬ、誰れだと思う長吉だ生《なま》ふざけた真似をして後悔するなと頰骨一撃ち、あっと魂消《たまげ》て逃げ入る襟がみを、つかんで引き出す横町の一むれ、それ三五郎をたたき殺せ、正太を引き出してやってしまえ、弱虫にげるな、団子屋の頓馬《とんま》もただはおかぬと潮《うしお》のように沸きかえる騒ぎ、筆屋が軒の掛け提燈は苦もなくたたき落されて、釣《つ》りらんぷ危《あぶ》なし店先の喧嘩なりませぬと女房が喚《わめ》きも聞かばこそ、人数はおおよそ十四五人、ねじ鉢巻きに大万燈ふりたてて、当るがままの乱暴狼藉《ろうぜき》、土足に踏み込む傍若無人、目ざす敵《かたき》の正太が見えねば、どこへ隠くした、どこへ逃げた、さあ言わぬか、言わぬか、言わさずにおくものかと三五郎を取りこめて撃つやら蹴《け》るやら、美登利くやしく止める人を搔《か》きのけて、これお前がたは三ちゃ

＊智恵の板　三角、四角、丸などの小板を並べて、ある形を組み立てる遊び。
＊十六武蔵　親石一つと子石十六で争うはさみ将棋。
＊北廓全盛…　日清戦争開戦時の演歌「日清談判破裂して、品川乗り出すあづま艦……」の替え歌で、吉原などで流行した。
＊五丁町　「里の今昔」注参照。

んになんの咎《とが》がある、正太さんと喧嘩がしたくば正太さんとしたがよい、逃げもせね ば隠くしもしない、正太さんはいぬではないか、ここは私が遊びどころ、お前がたに 指でもさしはせぬ、ええ憎くらしい長吉め、三ちゃんをなぜぶつ、あれまた引きた おした、意趣があらば私をお撃《ぶ》ち、相手には私がなる、伯母さん止めずに下されと身 もだえして罵《ののし》れば、何を女郎《じょろう》め頰桁《ほおげた》たたく、姉の跡つぎの乞食《こじき》め、手前《てめえ》の相手にはこ れが相応だと多人数《おおく》のうしろより長吉、泥草鞋《どろぞうり》つかんで投げつければ、ねらい違《たが》わず 美登利が額際にむさき物したたか、血相かえて立ちあがるを、怪我《けが》でもしてはと抱き とむる女房、ざまを見ろ、こちには竜華寺の藤本がついているぞ、仕かえしにはいつ でも来い、薄馬鹿野郎め、弱虫め、腰ぬけのいくじなしめ、帰りには待伏せする、横 町の闇《やみ》に気をつけろと三五郎を土間に投げ出せば、折から靴音《くつおと》たれやらが交番への注 進今ぞしる、それと長吉声をかくれば丑松《うしまつ》文次その余の十余人、方角をかえてばらば らと逃げ足はやく、抜け裏の露路にかがむもあるべし、口惜しいくやしい口惜しい口 惜しい、長吉め文次め丑松め、なぜおれを殺さぬ、殺さぬか、おれも三五郎だただ死 ぬものか、幽霊になっても取り殺すぞ、覚えていろ長吉めと湯玉のような涙はらはら、 はてては大声にわっと泣き出だす、身内や痛からん筒袖のところどころ引きさかれて背中も腰も砂まぶれ、止めるにも止めかねて勢いのすさまじさにただおどおどと気を呑まれし、筆やの女房走り寄りて抱きおこし、背中《せな》をなで砂を払い、堪忍おし、堪忍おし、なんと思っても先方《さき》は大勢、こちは皆よわい者ばかり、大人でさえ手が出しかねたにかなわぬは知れている、それでも怪我のないは仕合せ、この上は途中の待ちぶせが危ない、幸いの巡査《おまわり》さまに家まで見て頂かばわれわれも安心、この通りの子細《しさい》でござりますゆえと筋をあらあら折からの巡査に語れば、職掌がらいざ送らんと手を取らるるに、いえいえ送って下さらずとも帰ります、一人で帰りますと小さくなるに、こりゃこわいことはない、そちらの家《うち》まで送る分のこと、心配するなと微笑を含んで頭《つむり》を撫《な》でらるるにいよいよちぢみて、喧嘩をしたと言うと親父《とっ》さんに叱かられます、頭《かしら》の家は大屋さんでござりますからとて凋《しお》れるをすかして、さらば門口まで送ってやる、叱からるるようのことはせぬわとて連れらるるにあたりの人胸を撫ではるかに見送れば、何とかしけん横町の角にて巡査の手をば振りはなして一目散に逃げぬ。

六

めずらしいこと、この炎天に雪が降りはせぬか、美登利が学校をいやがるはよくよくの不機嫌《ふきげん》、朝飯《あさはん》がすすまずば後刻《のちかた》に鮨《やすけ》でも誂《あつら》えようか、風邪《かぜ》にしては熱もなければ大方きのうの疲れと見える、*太郎様への朝参りは母《かか》さんが代理してやれば御免こうむれとありしに、いえいえ姉《ねえ》さんの繁昌《はんじょう》するようにと私が願をかけたのなれば、参らねば気が済まぬ、お賽銭《さいせん》下され行って来ますと家を駆け出して、中田圃《なかたんぼ》の稲荷《いなり》に鰐口《わにぐち》ならして手を合わせ、願いは何ぞ行きも帰りも首うなだれて畦道《あぜみち》づたい帰り来る美登利が姿、それと見て遠くより声をかけ、正太はかけ寄りて袂《たもと》を押え、美登利さん昨夕《ゆうべ》は御免よとだしぬけにあやまれば、何もお前にわびられることはない。それでもおれが憎くまれて、おれが喧嘩の相手だもの、お祖母《ばあ》さんが呼びにさえ来なければ帰りはしない、そんなにむやみに三五郎をも撃《ぶ》たしはしなかったものを、今朝《けさ》三五郎のところへ見に行ったら、あいつも泣いて口惜しがった、おれは聞いてさえ口惜しい、お前の顔へ長吉め草履《ぞうり》を投げたというではないか、あの野郎乱暴にもほどがある、だけれど美登利さん堪忍しておくれよ、おれは知りながら逃げていたのではない、飯を掻っ込んで表へ出ようとするとお祖母さんが湯に行くという、留守居をしているうちの騒ぎだろう、ほんとに知らなかったのだからねと、わが罪のように平あやまりにあやまって、痛みはせぬかと額際を見あげれば、美登利にっこり笑いてなに負傷《けが》をするほどではない、それだが正さん誰れが聞いても私が長吉に草履を投げられたと言ってはいけないよ、もしひょっとお母さんが聞きでもすると私が叱《つか》られるから、親でさえ頭《つむり》に手はあげぬものを、長吉づれが草履の泥を額にぬられては踏まれたも同じだからとて、背ける顔のいとおしく、ほんとに堪忍しておくれ、みんなおれが悪るい、だから謝《あやま》る、機嫌を直してくれないか、お前に怒られるとおれが困るものをと話しつれて、いつしかわが家の裏近く来れば、寄らないか美登利さん、誰れも居はしない、お祖母さんも日がけ*を集めに出たろうし、おればかりで淋しくてならない、いつか話した錦絵《にしきえ》を見せるからお寄りな、いろいろのがあるからと袖を捉らえて離れぬに、美

＊太郎様　吉原の近く中田圃にあった太郎稲荷。
＊日がけ　貸金の元利を日割りにして毎日とり立てること。

登利は無言にうなずいて、侘《わ》びた折戸の庭口より入れば、広からねども、鉢ものおかしく並びて、軒につり忍艸《しのぶ》、これは正太が午《うま》の日の買物と見えぬ、わけしらぬ人は小首やかたぶけん町内一の財産家《ものもち》というに、家内は祖母《ばば》と此子《これ》二人、万《よろず》の鍵《かぎ》に下腹冷えて留守は見渡しの総長屋、さすがに錠前くだくだくもあらざりき、正太は先へあがりて風入りのよきところを見たてて、ここへ来ぬかと団扇《うちわ》の気あつかい、十三の子供にはませ過ぎておかし。古くより持ちつたえし錦絵かずかず取り出だし、褒めらるるを嬉《うれ》しく美登利さん昔しの羽子板を見せよう、これはおれの母《かか》さんがお邸《やしき》に奉公しているころいただいたのだとさ、おかしいではないかこの大きいこと、人の顔も今のとは違うね、ああこの母さんが生きているといいが、おれが三つの歳死んで、お父《とっ》さんはあるけれど田舎の実家へ帰ってしまったから今はお祖母さんばかりさ、お前はうらやましいねとそぞろに親のことを言い出せば、それ絵がぬれる、男が泣くものではないと美登利に言われて、おれは気が弱いのかしら、時々いろいろのことを思い出すよ、まだ今時分はいいけれど、冬の月夜なにかに田町《たまち》あたりを集めに廻ると土手まで来て幾度も泣いたことがある、なにさむいくらいで泣きはしない、なぜだか自分も知らぬがいろいろのことを考えるよ、ああ一昨年からおれも日がけの集めに廻るさ、お祖母さんは年寄りだからそのうちにも夜るは危ないし、目が悪るいから印形を押したり何かに不自由だからね、今まで幾人《いくたり》も男を使ったけれど、老人《としより》に子供だから馬鹿にして思うようには動いてくれぬとお祖母さんが言っていたっけ、おれがもう少し大人になると質屋を出さして、昔しの通りでなくとも田中屋の看板をかけると楽しみにしているよ、よその人はお祖母さんを吝《けち》だと言うけれど、おれのために倹約《つましく》してくれるのだから気の毒でならない、集金《あつめ》に行くうちでも通新町《とおりしんまち》や何かに随分可愛《かわい》そうなのがあるから、さぞお祖母さんを悪るくいうだろう、それを考えるとおれは涙がこぼれる、やっぱり気が弱いのだね、今朝も三公の家へ取りに行ったら、奴め身体《からだ》が痛いくせに親父《おやじ》に知らすまいとして働いていた、それを見たらおれは口が利けなかった、男が泣くてえのはおかしいではないか、だから横町の野蕃漢*《じゃがたら》に馬鹿にされるのだと言いかけてわが弱いを恥かしそうな顔色、何心なく美登利と見合わす目つきの可愛《かわゆ》さ。お前の祭の姿《なり》は大層よく似合ってうらやましかった、私も男だとあんな風がして見たい、誰れのよりもよく見えたと賞《ほ》められて、なんだおれなんぞ、お前こそ美くしいや、廓内《なか》の大巻《おおまき》さ

＊野蕃漢　野蛮な男の意味。

んよりも奇麗だとみんながいうよ、お前が姉であったらおれはどんなに肩身が広かろう、どこへゆくにもついて行って大威張りに威張るがな、一人も兄弟がないから仕方がない、ねえ美登利さん今度一しょに写真を取らないか、おれは祭りの時の姿《なり》で、お前は透綾《すきや》のあら縞《じま》で意気な形《なり》をして、水道尻《すいどうじり》の加藤でうつそう、竜華寺の奴がうらやましがるように、本当だぜあいつはきっと怒るよ、真青になって怒るよ、にえ肝《かん》だからね、赤くはならない、それとも笑うかしら、笑われても構わない、大きく取って看板に出たらいいな、お前はいやかえ、いやのような顔だものと恨めるもおかしく、変な顔にうつるとお前に嫌《き》らわれるからとて美登利ふき出して、高笑いの美音に御機嫌や直りし。

朝冷《あさすず》はいつしか過ぎて日かげの暑くなるに、正太さんまた晩によ、私の寮へも遊びにおいでな、燈籠《とうろう》ながして、お魚追いましょ、池の橋が直ったればこわいことはないと言い捨《ず》てに立ち出づる美登利の姿、正太うれしげに見送って美くしと思いぬ。

七

竜華寺の信如、大黒屋の美登利、二人ながら学校は育英舎なり、去りし四月の末つかた、桜は散りて青葉のかげに藤の花見というころ、春季の大運動会とて水《みず》の谷《や》の原《はら》にせしことありしが、つな引き、鞠《まり》なげ、縄とびの遊びに興をそえて長き日の暮るるを忘れし、その折のこととや、信如いかにしたるか平常《へいぜい》のおちつきに似ず、池のほとりの松が根につまずきて赤土道に手をつきたれば、羽織の袂も泥になりて見にくかりしを、居あわせたる美登利みかねてわが紅《くれない》の絹はんけちを取り出だし、これにてお拭《ふ》きなされと介抱をなしけるに、友達の中なる嫉妬《やきもち》や見つけて、藤本は坊主のくせに女と話をして、嬉しそうに礼を言ったはおかしいではないか、大方美登利さんは藤本の女房《かみさん》になるのであろう、お寺の女房なら大黒さまと言うのだなどと取り沙汰しける、信如元来かかることを人の上に聞くも嫌いにて、苦き顔して横を向く質《たち》なれば、わがこととして我慢のなるべきや、それよりは美登利という名を聞くごとに恐ろしく、またあのことを言い出すかと胸の中もやくやして、何とも言われぬいやな気持なり、さりながらことごとに怒りつけるわけにもゆかねば、なるだけは知らぬ体《てい》をして、平気をつくりて、むずかしき顔をしてやり過ぎる心なれど、さし向いて物などを問われたる時の当惑さ、大方は知りませぬの一ト言にて済ませど、苦しき汗の身うちに流れて心ぼそき思いなり、美登利はさることも心にとまらねば、はじめは藤本さん藤本さんと親しく物いいかけ、学校退《ひ》けての帰りがけに、われは一足はやくて道端《みちばた》に珍らしき花などを見つくれば、おくれし信如を待ち合わして、これこんなうつくしい花が咲いてあるに、枝が高くて私には折れぬ、信《のぶ》さんは背が高ければお手が届きましょ、後生折って下されと一むれの中にては年かさなるを見かけて頼めば、さすがに信如袖ふり切りて行きすぎることもならず、さりとて人の思わくいよいよつらければ、手近の枝を引き寄せて好悪《よしあし》かまわず申しわけばかりに折りて、投げつけるようにすたすたと行き過ぎるを、さりとは愛敬のなき人と惘《あき》れしこともありしが、たびかさなりての末にはおのずからわざとの意地悪のように思われて、人にはさもなきにわれにばかりつらきしうちをみせ、物を問えばろくな返事したことなく、傍《そば》へゆけば逃げる、はなしをすれば怒る、陰気らしい気のつまる、どうしてよいやら機嫌の取りようもない、あのようなむずかしやは思いのままに捻《ひね》れて怒って意地わるがしたいならんに、友達と思わずば口を利くもいらぬことと美登利少し疳《かん》にさわりて、用のなければ摺《す》れ違うても物いうたことなく、途中に逢いたりとて挨拶など思いもかけず、ただいつとなく二人の中に大川一つ横たわりて、舟も筏《いかだ》もここには御法度《ごはっと》、岸に添うておもいおもいの道をあるきぬ。

祭りは昨日《きのう》に過ぎてそのあくる日より美登利の学校へ通うことふっと跡たえしは、問うまでもなく額の泥の洗うても消えがたき恥辱を、身にしみて口惜《くや》しければぞかし、表町とて横町とて同じ教場におし並べば朋輩《ほうばい》に変りはなきはずを、おかしき分け隔てに常日ごろ意地を持ち、われは女の、とても敵《かな》いがたき弱味をば付け目にして、まつりの夜のしうちはいかなる卑怯《ひきょう》ぞや、長吉のわからずやは誰《た》れも知る乱暴の上なしなれど、信如の尻おしなくばあれほどに思いきりて表町をばあらし得じ、人前をば物《もの》識《し》りらしくすなおにつくりて、陰に廻りて機関《からくり》の糸を引きしは藤本の仕業《しわざ》に極《きわ》まりぬ、よし級は上にせよ、学《もの》はできるにせよ、竜華寺さまの若旦那《わかだんな》にせよ、大黒屋の美登利紙一枚のお世話にも預からぬものを、あのように乞食呼ばわりしてもらう恩はなし、竜華寺はどれほど立派な檀家《だんか》ありと知らねど、わが姉《あね》さま三年の馴染《なじ》みに銀行の川様《かわさま》、兜町《かぶとちょう》の米様《よねさま》もあり、議員の短小《ちい》さま根曳《ねび》きして奥さまにと仰せられしを、心意気に入らねば姉さま嫌いてお受けはせざりしが、あの方とても世には名高きお人と遣手《やりて》衆《しゅ》の言われし、嘘ならば聞いて見よ、大黒やに大巻のいずばあの楼《いえ》は闇とかや、さればお店の旦那とても父《とと》さん母《かか》さんわが身をも粗略には遊ばさず、常常大切がりて床の間にお据《す》えなされし瀬戸物の大黒様をば、われいつぞや坐敷《ざしき》の中にて羽根つくとて騒ぎし時、同じく並びし花瓶《はないけ》をたおし、さんざんに破損《けが》をさせしに、旦那次の間に御酒《ごしゅ》めし上りながら、美登利お転婆が過ぎるのと言われしばかり小言はなかりき、ほかの人ならば一通りの怒りではあるまじと、女子衆《おんなしゅ》たちにあとあとまで羨《うらや》まれしも必竟《ひっきょう》は姉さまの威光ぞかし、われ寮住居に人の留守居はしたりとも姉は大黒屋の大巻、長吉風情《ふぜい》に負《ひ》けを取るべき身にもあらず、竜華寺の坊さまにいじめられんは心外と、これより学校へ通うことおもしろからず、わがままの本性あなどられしが口惜しさに、石筆を折り墨をすて、書物《ほん》も十露盤《そろばん》もいらぬ物にして、なかよき友と埒《らち》もなく遊びぬ。

八

走れ飛ばせの夕べに引きかえて、明けの別れに夢をのせ行く車の淋しさよ、帽子まぶかに人目を厭《いと》う方様《かたさま》もあり、手拭《てぬぐ》いとって頬かぶり、彼女《あれ》が別れに名残《なご》りの一撃ち、いたさ身にしみて思い出すほど嬉しく、うす気味わるやにたにたの笑い顔、坂本へ出でては用心し給え千住《せんじゅ》がえりの青物車《あおものぐるま》にお足元あぶなし、三嶋様の角までは気違い街道、御顔《おんかお》のしまりいずれも緩《ゆ》るみて、はばかりながら御鼻の下ながながと見えさせ給えば、そんじょそこらにそれ大した御男子様《ごなんしさま》とて、分厘《ふんりん》の価値《ねうち》もなしと、辻《つじ》に立ちて御慮外を申すもありけり。楊家《ようか》の娘君寵《くんちょう》をうけてと長恨歌《ちょうごんか》を引き出だすまでもなく、娘の子はいずこにも貴重がらるるころなれど、このあたりの裏屋より赫奕姫《かくやひめ》の生まるることその例多し、築地《つきじ》の某屋《それや》に今は根を移して御前《ごぜん》さま方の御相手、踊りに妙を得し雪という美形、ただいまのお座敷にてお米のなります木はと至極あどけなきことは申すとも、もとはここの巻帯づれにて花がるたの内職せしものなり、評判はそのころに高く去るもの日々に疎《うと》ければ、名物一つかげを消して二度目の花は紺屋《こうや》の乙《おと》娘《むすめ》、今千束町に新《しん》つた屋《や》の御神燈《ごじんとう》ほのめかして、小吉《こきち》と呼ばるる公園の尤物《まれもの》も根生《ねお》いは同じここの土なりし、あけくれの噂《うわさ》にも御出世というは女に限りて、男は塵塚《ちりづか》さがす黒斑《くろぶち》の尾の、ありて用なきものとも見ゆべし、この界隈《かいわい》に若い衆と呼ばるる町並みの息子、生意気ざかりの十七八より五人組、七人組、*腰に尺八の伊達《だて》はなけれど、なんとやら厳《いか》めしき名の親分が手下《てか》につきて、揃いの手ぬぐい長提燈、賽《さい》ころ振ることおぼえぬうちは素見《ひやかし》の格子先に思いきっての串談《じょうだん》も言いがたしとや、真面目《まじめ》につとむるわが家業は昼のうちばかり、一風呂浴びて日の暮れゆけば突きかけ下駄に*七五三の着物、何屋の店の新妓《しんこ》を見たか、金杉《かなすぎ》の糸屋が娘に似てもう一倍鼻がひくいと、頭脳《あたま》の中をこんなことにこしらえて、一軒ごとの格子に煙草《たばこ》の無理どり鼻紙の無心、打ちつ打たれつこれを一世の誉れと心得れば、堅気の家の相続息子地廻りと改名して、大門際《おおもんぎわ》に喧嘩かいと出るもありけり、見よや女子《おんな》の勢いと言わぬばかり、春秋しらぬ五丁町の賑わい、送りの提燈《かんばん》いまはやらねど、茶屋が廻女《まわし》の雪駄のおとに響き通える歌舞音曲、うかれうかれて入り込む人の何を目当てと言問わば、赤えり赭熊《しゃぐま》に*裲襠《うちかけ》の裾《すそ》ながく、にっと笑う口元目もと、どこがよいとも申しがたけれど華魁衆《おいらんしゅ》とてここにての敬い、立ちはなれては知るによしなし、かかる中にて朝夕を過ごせば、衣《きぬ》の白地の紅に染《し》むこと無理ならず、美登利の眼の中に男という者さってもこわからず恐ろしからず、女郎という者さのみ賤《いや》しき勤めとも思わねば、過ぎし故郷を出立の当時ないて姉をば送りしこと夢のように思われて、今日このごろの全盛に父母への孝養うらやましく、*お職を徹《とお》す姉が身の、憂いのつらいの数も知らねば、まち人恋うる鼠《ねずみ》なき格子の呪文《じゅもん》、別れの背中《せな》に手加減の秘密《おく》まで、ただおもしろく聞きなされて、廓《くるわ》ことばを町にいうまでさりとは恥かしからず思えるも哀れなり、年はようよう数えの十四、人形抱いて頰ずりする心は御華族のお姫様とて変りなけれど、修身の講義、家政学のいくたても学びしは学校にてばかり、誠あけくれ耳に入りしは好いた好かぬの客のうわさ、＊仕着せ積み夜具茶屋への行きわたり、派手はみごとに、かなわぬは見すぼらしく、人事わがこと分別をいうはまだ早し、幼な心に目の前の花のみはしるく、持ちまえの負けじ気性は勝手に馳《は》せ廻りて雲のような形をこしらえぬ、気違い街道、寝ぼれ

＊腰に尺八…　紫の鉢巻、後腰に尺八を差して吉原に通う、歌舞伎十八番「助六」の主人公の伊達姿をあてこんだものか。
＊七五三の着物　男着物で、後幅七寸、前幅五寸、おくみ三寸の仕立て。いなせなものとされた。
＊裲襠　打掛け。遊女の間では、店を張る時に着る。
＊お職　もとは最高位の遊女の呼称であるが、このころはかせぎ高の最も高いものに与えられた称。
＊仕着せ…　「仕着せ」は奉公人に季節ごとに与える着物。「積み夜具」とは物日に遊女が客から贈られた夜具を店先に積み重ねること。

道、朝がえりの殿がた一順すみて朝寝の町も門の箒目青海波《ははきめせいがいは》をえがき、打水よきほどに済みし表町の通りを見渡せば、来るは来るは、万年町山伏町《やまぶしちょう》、新谷町《しんたにまち》あたりを塒《ねぐら》にして、一能一術これも芸人の名はのがれぬ、*よかよか飴《あめ》や軽業師、人形つかい大《だい》神楽《かぐら》、住吉おどりに角兵衛獅子《じし》、おもいおもいのいでたちして、縮緬透綾《ちりめんすきや》の伊達もあれば、薩摩《さつま》がすりの洗い着に黒繻子《くろじゅす》の幅狭帯《はばせまおび》、よき女もあり男もあり、五人七人十人一組の大たむろもあれば、一人淋しき痩せ老爺《おやじ》の破れ三味線《ざみせん》かかえて行くもあり、六つ五つなる女の子に赤襷《あかだすき》させて、*あれは紀の国おどらするも見ゆ、お顧客《とくい》は廓内《かくない》に居つづけ客のなぐさみ、女郎の憂さ晴らし、かしこに入る身の生涯《しょうがい》やめられぬ得分ありと知られて、来るも来るもここらの町に細かしき貰いを心に止めず、裾に海草《みるめ》のいかがわしき乞食さえ門には立たず行き過ぎるぞかし、容顔《きりょう》よき女太夫《おんなだゆう》の笠《かさ》にかくれぬ床しの頬を見せながら、喉《のど》自慢、腕自慢、あれあの声をこの町には聞かせぬが憎くしと筆やの女房舌うちして言えば、店先に腰をかけて往《ゆ》き来《き》を眺《なが》めし湯がえりの美登利、はらりと下る前髪の毛を黄楊《つげ》の鬢櫛《びんぐし》にちゃっと掻きあげて、伯母さんあの太夫さん呼んで来ましょうとて、はたはた駆けよって袂にすがり、投げ入れし一品を誰れにも笑って告げざりしが好みの*明烏《あけがらす》さらりと唄《うた》わせて、また御贔屓《ごひいき》をの嬌音《きょうおん》これたやすくは買いがたし、あれが子供のしわざかと寄り集まりし人舌を巻いて太夫よりは美登利の顔を眺めぬ、伊達には通るほどの芸人をここにせき止めて、三味の音《ね》、笛の音、太鼓の音、うたわせて舞わせて人のせぬことして見たいと折ふし正太に囁《ささや》いて聞かせれば、驚いて呆《あき》れておいらはいやだな。

九

如是我聞《にょぜがもん》、仏説阿弥陀経《あみだきょう》、声は松風に和《か》して心のちりも吹き払わるべき御寺様《おんてらさま》の庫裏《くり》より生魚あぶる煙《けぶ》なびきて、卵塔場《らんとうば》に嬰児《やや》の襁褓《むつき》ほしたるなど、お宗旨によりて構いなきことなれども、法師を木のはしと心得たる目よりは、そぞろに腥《なまぐさ》く覚ゆるぞかし、竜華寺の大和尚身代とともに肥え太りたる腹なりいかにもみごとに、色つや

＊よかよか飴や　「よかよか」の囃子にのせて身ぶり面白く飴を売った行商人。
＊あれは紀の国　「あれは紀伊国みかん船……」のかっぽれ。
＊明烏　新内の名曲「明烏夢泡雪」。鶴賀若狭掾作。

のよきこといかなる賞め言葉を参らせたらばよかるべき、桜色にもあらず、緋桃《ひもも》の花でもなし、剃《そ》りたてたる頭《つむり》より顔より首筋にいたるまで銅色《あかがねいろ》の照りに一点のにごりもなく、白髪《しらが》もまじる太き眉をあげて心まかせの大笑いなさるる時は、本堂の如来さま驚きて台座より転《まろ》び落ち給わんかと危ぶまるるようなり、御新造《ごしんぞ》はいまだ四十の上を幾らも越さで、色白に髪の毛薄く、丸髷《まるまげ》も小さく結いて見ぐるしからぬまでの人がら、参詣人《さんけいにん》へも愛想よく門前の花屋が口悪る嬶《かか》もとかくの蔭口《かげぐち》を言わぬを見れば、着ふるしの裕衣《ゆかた》、総菜のお残りなどおのずからの御恩もこうむるなるべし、もとは檀家の一人なりしが早くに良人を失ないて寄る辺《べ》なき身のしばらくここにお針やとい同様、口さえ濡《ぬ》らさせて下さらばとて洗い濯《そそ》ぎよりはじめてお菜ごしらえはもとよりのこと、墓場の掃除《そうじ》に男衆《おとこしゅ》の手を助くるまで働けば、和尚さま経済より割り出しての御《ご》ふ憫《びん》かかり、年は二十から違うて見ともなきことは女も心得ながら、行きどころなき身なれば結句よき死場処と人目を恥じぬようになりけり、にがにがしきことなれども女の心だて悪るからねば檀家の者もさのみは咎《とが》めず、総領の花というをもうけしころ、檀家の中にも世話好きの名ある坂本の油屋が隠居さま仲人《なこうど》というも異なものなれど進めたてて表向きのものにしける、信如もこの人の腹より生まれて男女《なんにょ》二人の同胞《きょうだい》、一人は如法《にょほう》の変屈ものにて一日部屋の中にまじまじと陰気らしき生《む》まれなれど、姉のお花は皮薄《かわうす》の二重腮《あご》かわゆらしくできたる子なれば、美人というにはあらねども年ごろといい人の評判もよく、素人にして捨てておくは惜しいものの中に加えぬ、さりとてお寺の娘に左り褄《づま》、お釈迦《しゃか》が三味ひく世は知らず人の聞え少しは憚《はば》かられて、田町の通りに葉茶屋の店を奇麗にしつらえ、帳場格子のうちにこの娘《こ》を据えて愛敬を売らすれば、科《はか》りの目はとにかく勘定しらずの若い者など、何がなしに寄って大方毎夜十二時を聞くまで店に客のかげ絶えたることなし、いそがしきは大和尚、貸金の取りたて、店への見廻り、法用のあれこれ、月の幾日《いくか》は説教日の定めもあり帳面くるやら経よむやらかくては身体《からだ》のつづきがたしと夕暮れの縁先に花むしろを敷かせ、片肌《かたはだ》ぬぎに団扇《うちわ》づかいしながら大盃《おおさかずき》に泡盛《あわもり》をなみなみと注《つ》がせて、さかなは好物の蒲焼《かばやき》を表町のむさし屋へあらいところをとの誂え、承りてゆく使い番は信如の役なるに、そのいやなること骨にしみて、路を歩くにも上を見しことなく、筋向うの筆やに子供づれの声を聞けばわがことを誹《そし》らるるかと情なく、そしらぬ顔に鰻屋《うなぎや》の門を過ぎてはあたりに人目の隙《すき》をうかがい、立ち戻って駈《か》け入る時の心地、わが身限って腥きものは食べまじと思いぬ。

父親《てておや》和尚はどこまでもさばけたる人にて、少しは欲深の名にたてども人のうわさに耳をかたぶけるような小胆にてはなく、手の暇あらば熊手の内職もして見ようという気風なれば、霜月の酉《とり》には論なく門前の明地《あきち》に簪《かんざし》の店を開き、御新造に手拭いかぶらせて縁喜《えんぎ》のいいのをと呼ばせる趣向、はじめは恥かしきことに思いけれど、軒ならび素人の手業《てわざ》にて莫大《ばくだい》の儲《もう》けと聞くに、この雑踏の中といい誰《た》れも思い寄らぬことなれば日暮れよりは目にも立つまじと思案して、昼間は花屋の女房に手伝わせ、夜に入りてはみずからおり立ちて呼びたつるに、欲なれやいつしか恥かしさも失《う》せて、思わず声だかに負けましょ負けましょと跡を追うようになりぬ、人波にもまれて買手も眼《まなこ》の眩《くら》みし折なれば、現在後世ねがいに一昨日《おとつい》来たりし門前も忘れて、簪三本七十五銭と懸直《かけね》すれば、五本ついたを三銭ならばと直切《ねぎ》って行く、世はぬば玉の闇の儲けはこのほかにもあるべし、信如はかかることどもいかにも心ぐるしく、よし檀家の耳には入らずとも近辺の人々が思わく、子供中間《なかま》の噂にも竜華寺では簪の店を出して、信《のぶ》さんが母《かか》さんの狂気面《きちがいづら》して売っていたなどと言われもするやと恥かしく、そんなことは止しにしたがようござりましょうと止めしこともありしが、大和尚大笑いに笑いすてて、黙っていろ、黙っていろ、貴様などが知らぬことだわとてまるまる相手にしてはくれず、朝念仏に夕勘定、そろばん手にしてにこにこと遊ばさるる顔つきはわが親ながら浅ましくして、なぜその頭《つむり》を丸《まろ》め給いしぞと恨めしくもなりぬ。

もとより一腹一対《いっぷくいっつい》の中に育ちて他人交《ま》ぜずの穏やかなる家の内なれば、さしてこの児を陰気ものに仕立てあげる種はなけれども、性来《せいらい》おとなしき上にわが言うことの用いられねばとかくに物のおもしろからず、父が仕業も母の処作も姉の教育《したて》も、悉皆《しっかい》あやまりのように思わるれど言うて聞かれぬものぞと諦めればうら悲しきように情なく、友朋輩は変屈者の意地わると目ざせどもおのずから沈みいる心の底の弱きこと、わが蔭口を露ばかりもいう者ありと聞けば、立ち出でて喧嘩口論の勇気もなく、部屋にとじ籠《こも》って人に面の合わされぬ臆病《おくびょう》至極の身なりけるを、学校にてのできぶりといい身分がらの卑しからぬにつけてさる弱虫とは知るものなく、竜華寺の藤本は生煮えの餅《もち》のように真《しん》があって気になる奴と憎くがるもののありけらし。

十

祭りの夜は田町の姉のもとへ使いをいいつけられて、更《ふ》くるまでわが家《や》へ帰らざりければ、筆やの騒ぎは夢にも知らず、明日《あす》になりて丑松文次そのほかの口よりこれこれであったと伝えらるるに、今さらながら長吉の乱暴に驚けども済みたることなればわがな咎めだてするも詮なく、わが名を借りられしばかりつくづく迷惑に思われて、わがなしたることならねど人々への気の毒を身一つに背負《しょ》いたるようの思いありき、長吉も少しはわがやりそこねを恥かしゅう思うかして信如に逢わば小言や聞かんとその三四日は姿も見せず、ややほとぼりのさめたるころに信《のぶ》さんお前は腹を立つか知らないけれど時の拍子だから堪忍しておいてくんな、誰れもお前正太が明巣《あきす》とは知るまいではないか、何も女郎《めろう》の一疋《ぴき》ぐらい相手にして三五郎を擲《なぐ》りたいこともなかったけれど、万燈を振り込んで見りゃあただも帰れない、ほんの附け景気につまらないことをしてのけた、そりゃあおれがどこまでも悪るいさ、お前のいいつけを聞かなかったは悪るかろうけれど、今怒られてはかたなしだ、お前という後だてがあるのでおらあ大舟に乗ったようだに、見すてられちまっては困るだろうじゃないか、いやだとってもこの組の大将でいてくんねえ、そうどじばかりは組まないからとて面目なさそうにわびられて見ればそれでも私はいやだとも言いがたく、仕方がないやるところまでやるさ、弱い者いじめはこっちの恥になるから三五郎や美登利を相手にしても仕方がない、正太に末社がついたらその時のこと、決してこっちから手出しをしてはならないと留《とど》めて、さのみは長吉をも叱り飛ばさねど再び喧嘩のなきようにと祈られぬ。

罪のない子は横町の三五郎なり、思うさまに擲《たた》かれて蹴られてその二三日は立居も苦しく、夕ぐれごとに父親《てておや》が空車《からぐるま》を五十軒の茶屋が軒まで運ぶにさえ、三公はどうかしたか、ひどく弱っているようだなと見知りの台屋*に咎められしほどなりしが、父親はお辞義《じぎ》の鉄《てつ》とて目上の人に頭《つむり》をあげたことなく廓内《なか》の旦那は言わずとものこと、大屋様地主様いずれの御無理も御もっともと受ける質《たち》なれば、長吉と喧嘩してこれこれの乱暴に逢いましたと訴えればとて、それはどうも仕方がない大屋さんの息子さんではないか、こっちに理があろうが先方《さき》が悪るかろうが喧嘩の相手になるということはない、わびて来いわびて来い途方もない奴だとわが子を叱りつけて、長吉がもとへあやまりにやられること必定なれば、三五郎は口惜《くや》しさを噛《か》みつぶして七日十日とほどをふれば、痛みの場処のなおるとともにそのうらめしさもいつしか忘れて、頭の家の赤ん坊が守りをして二銭が駄賃をうれしがり、ねんねんよ、おころりよ、と背負《しょ》い

＊台屋　妓楼の客へ出す料理の仕出し屋。

あるくさま、年はと問えば生意気ざかりの十六にもなりながらその大体《ずうたい》を恥かしげにもなく、表町へものこのこと出かけるに、いつも美登利と正太が嬲《なぶ》りものになって、お前は性根をどこへ置いて来たとからかわれながらも遊びの中間《なかま》は外《はず》れざりき。

春は*桜の賑わいよりかけて、*なき玉菊が燈籠《とうろう》のころ、つづいて秋の新仁和賀《しんにわか》には十分間に車の飛ぶことこの通りのみにて七十五輛《りょう》と数えしも、二の替りさえいつしか過ぎて、赤蜻蛉《あかとんぼう》田圃に乱るれば横堀《よこぼり》に鶉《うずら》なくころも近づきぬ、朝夕の秋風身にしみ渡りて上清《じょうせい》が店の蚊遣香《かやりこう》懐炉灰に座をゆずり、石橋の田村やが粉挽《こなひ》く臼《うす》の音さびしく、*角海老《かどえび》が時計の響きもそぞろ哀れの音《ね》を伝えるようになれば、四季絶え間なき日《にっ》暮里《ぽり》の火の光りもあれが人を焼く煙《けぶ》りかとうら悲しく、茶屋が裏ゆく土手下の細道に落ちかかるような三昧の音を仰いで聞けば、仲之町《なかのちょう》芸者が冴《さ》えたる腕に、*君が情の仮寝の床にと何ならぬ一ふし哀れも深く、この時節より通いそむるは浮かれ浮かるる遊客ならで、身にしみじみと実のあるお方のよし、遊女《つとめ》あがりの去る女《ひと》が申しき、このほどのことかかんもくだくだしや大音寺前にて珍らしきことは盲目按摩《あんま》の二十ばかりなる娘、かなわぬ恋に不自由なる身を恨みて水の谷の池に入水《じゅすい》したるを新らしいこととて伝えるくらいなもの、八百屋《やおや》の吉五郎《きちごろう》に大工の太吉《たきち》がさっぱりと影を見せぬがなんとかせしと問うにこの一件であげられましたと、顔の真中へ指をさして、なんの子細なく取り立てて噂をする者もなし、大路を見渡せば罪なき子供の三五人手を引きつれて開《ひ》いらいた開らいたなんの花ひらいたと、無心の遊びも自然と静かにて、廓に通う車の音のみいつに変らず勇ましく聞えぬ。

秋雨しとしとと降るかと思えばさっと音して運びくるような淋しき夜、通りすがりの客をば待たぬ店なれば、筆やの妻は宵のほどより表の戸をたてて、中に集まりしは例の美登利に正太郎、そのほかには小さき子供の二三人寄りて細螺《*きしゃご》はじきの幼なげなことして遊ぶほどに、美登利ふと耳を立てて、あれ誰《た》れか買物に来たのではないか溝板《どぶいた》を踏む足音がするといえば、おやそうか、おいらはちっとも聞かなかったと正太

＊桜の賑わい　仲之町の夜桜見物。吉原三大行事の一つ。
＊なき玉菊が燈籠　吉原中万字屋の名妓玉菊（享保のころ）追善の盆供養で、燈籠（玉菊燈籠）を出し人形を飾った。
＊角海老　京町一丁目にあった大店で、三階の屋根に大時計があった。
＊君が情の…　歌沢「香に迷う」の一節。
＊細螺　貝殻の一種で、おはじきに使う。

もちゅうちゅうたこかいの手を止めて、誰れか中間が来たのではないかと嬉しがるに、門《かど》なる人はこの店の前まで来たりける足音の聞えしばかりそれよりはふっと絶えて、音も沙汰もなし。

十一

正太は潜《くぐ》りを明けて、ばあと言いながら顔を出すに、人は二三軒先の軒下をたどりて、ぽつぽつと行く後影、誰れだ誰れだ、おいおはいりよと声をかけて、美登利が足駄を突ッかけばきに、降る雨を厭《いと》わず駆け出ださんとせしが、あああいつだと一ト言、振りかえって、美登利さん呼んだっても来はしないよ、一件だもの、と自分の頭《つむり》を丸《まろ》めて見せぬ。

信《のぶ》さんかえ、と受けて、いやな坊主ったらない、きっと筆か何か買いに来たのだけれど、私たちがいるものだから立聞きをして帰ったのであろう、意地悪るの、根生《こんじょう》まがりの、ひねっこびれの、吃《どんも》りの、歯ッかけの、いやな奴め、はいって来たらさんざんといじめてやるものを、帰ったは惜しいことをした、どれ下駄をお貸し、ちょっと見てやる、とて正太に代って顔を出せば軒の雨だれ前髪に落ちて、おお気味が悪るいと首を縮めながら、四五軒先の瓦斯燈《ガスとう》の下を大黒傘《だいこくがさ》肩にして少しうつむいているらしくとぼとぼと歩む信如の後かげ、いつまでも、いつまでも、いつまでも見送るに、美登利さんどうしたの、と正太は怪しがりて背中をつつきぬ。

どうもしない、と気のない返事をして、上へあがって細螺《きしゃご》を数えながら、本当にいやな小僧とってはない、表向きに威張った喧嘩はできもしないで、おとなしそうな顔ばかりして、根生がくすくすしているのだもの憎くらしかろうではないか、家《うち》の母《かか》さんが言うていたっけ、がらがらしている者は心がいいのだと、それだからくすくすしている信さんなにかは心が悪るいに相違ない、ねえ正太さんそうであろう、と口を極《きわ》めて信如のことを悪く言えば、それでも竜華寺はまだ物がわかっているよ、長吉と来たらあれははやと、生意気に大人の口を真似《まね》れば、およしよ正太さん、子供のくせにませたようでおかしい、お前はよっぽど剽軽《ひょうきん》ものだね、とて美登利は正太の頬をつついて、その真面目がおはと笑いこけるに、おいらだってもも少したてば大人になるのだ、蒲田屋《かばたや》の旦那のように角袖外套《がいとう》か何か着てね、お祖母さんがしまっておく金時計を貰って、そして指輪もこしらえて、巻煙草《まきたばこ》を吸って、はく物は何がよかろうな、おいらは下駄より雪駄が好きだから、三枚裏にして繻珍《しゅちん》の鼻緒というのをはくよ、似合うだろうかと言えば、美登利はくすくす笑いながら、背の低い人が角袖外套に雪駄ばき、まあどんなにかおかしかろう、目薬の瓶《びん》が歩くようであろうと誹《おと》すに、馬鹿を言っていらあ、それまでにはおいらだって大きくなるさ、こんな小《ちい》っぽけではいないと威張るに、それではまだいつのことだか知れはしない、天井の鼠があれ御覧、と指をさすに、筆やの女房《つま》を始めとして座にある者みな笑いころげぬ。

正太は一人真面目になりて、例の目の玉ぐるぐるとさせながら、美登利さんは冗談にしているのだね、誰れだって大人にならぬ者はないに、おいらの言うがなぜおかしかろう、奇麗な嫁さんを貰って連れて歩くようになるのだがなあ、おいらはなんでも奇麗のが好きだから、煎餅《せんべい》やのお福のような痘痕《みっちゃ》づらや、薪《まき》やのお出額《でこ》のようながも し来ようなら、じきさま追い出して家《うち》へは入れてやらないや、おいらは痘痕《あばた》と湿《しっ》っかきは大嫌いと力を入れるに、主人《あるじ》の女は吹き出して、それでも正さんよく私が店へ来て下さるの、伯母さんの痘痕は見えぬかえと笑うに、それでもお前は年寄りだもの、おいらの言うのは嫁さんのことさ、年寄りはどうでもいいとあるに、それは大しくじりだねと筆やの女房おもしろずくに御機嫌を取りぬ。

町内で顔のよいのは花屋のお六さんに、水菓子やの喜《き》いさん、それよりも、それよりもずんとよいはお前の隣に据《すわ》っておいでなさるのなれど、正太さんはまあ誰れにしようと極《き》めてあるえ、お六さんの眼つきか、喜いさんの清元《きよもと》か、まあどれをえ、と問われて、正太顔を赤くして、なんだお六づらや、喜い公、どこがいいものかと釣りらんぷの下を少し居退《いの》きて、壁際の方へと尻込《しりご》みをすれば、それでは美登利さんがいいのであろう、そう極めてござんすの、と図星をさされて、そんなことを知るものか、なんだそんなこと、とくるり後を向いて壁の腰ばりを指でたたきながら、廻れ廻れ水《みず》車《ぐるま》を小音《こおん》に唱《うた》い出す、美登利は衆人《おおく》の細螺を集めて、さあもう一度はじめからと、これは顔をも赤らめざりき。

十二

信如がいつも田町へ通う時、通らでもことは済めどもいわば近道の土手手前に、かりそめの格子門、のぞけば鞍馬《くらま》の石燈籠《いしどうろ》に萩《はぎ》の袖垣しおらしゅう見えて、縁先に巻きたる簾《すだれ》のさまもなつかしゅう、中がらすの障子のうちには今様の＊按察《あぜち》の後室が珠数《じゅず》をつまぐって、*冠《かぶ》っ切りの若紫も立ち出づるやと思わるる、その一ト構えが大黒屋の寮なり。

昨日も今日も時雨《しぐれ》の空に、田町の姉より頼みの長胴着ができたれば、すこしも早う重ねさせたき親心、御苦労でも学校まえのちょっとの間に持って行ってくれまいか、定めて花も待っていようほどに、と母親よりの言いつけを、何もいやとは言いきられぬおとなしさに、ただはいはいと小包みを抱えて、鼠小倉の緒のすがりし朴木歯《ほおのきば》の下駄ひたひたと、信如は雨傘さしかざして出でぬ。

お歯ぐろ溝《どぶ》の角より曲りて、いつも行くなる細道をたどれば、運わるう大黒やの前まで来し時、さっと吹く風大黒傘の上をつかみて、宙へ引きあげるかと疑うばかり烈《はげ》しく吹けば、これはならぬと力足を踏みこたえる途端、さのみに思わざりし前鼻緒のずるずると抜けて、傘よりもこれこそ一の大事になりぬ。

信如こまりて舌打ちはすれども、今さらなんと法のなければ、大黒屋の門に傘を寄せかけ、降る雨を庇《ひさし》に厭うて鼻緒をつくろうに、常々し馴《な》れぬお坊さまの、これはいかなこと、心ばかりはあせれども、なんとしてもうまくはすげることのならぬ口惜《くや》しさ、じれて、じれて、袂の中から記事文の下書きしておいた大半紙《おおばんし》をつかみ出し、ずんずんと裂きて紙縷《こより》をよるに、意地わるの嵐《あらし》またもや落し来て、立てかけし傘のころころと転《ころ》がり出づるを、いまいましい奴めと腹立たしげにいいて、取り止めんと手を延ばすに、膝《ひざ》へ乗せておきし小包み意久地もなく落ちて、風呂敷は泥に、わが着る物の袂までを汚《よご》しぬ。

見るに気の毒なるは雨の中の傘なし、途中に鼻緒を踏み切りたるばかりはなし、美登利は障子の中ながら硝子《ガラス》ごしに遠く眺めて、あれ誰《だ》れか鼻緒を切った人がある、母《かか》さん切れをやってもようござんすかと尋ねて、針箱の引出しから友仙《ゆうぜん》ちりめんの切れ端をつかみ出し、庭下駄はくももどかしきように、馳《は》せ出でて縁先の洋傘《こうもり》さすより早く、庭石の上を伝うて急ぎ足に来たりぬ。

それと見るより美登利の顔は赤うなりて、どのようの大事にでも逢《あ》いしように、胸の動悸《どうき》の早くうつを、人の見るかとうしろの見られて、恐る恐る門の傍へ寄れば、信如もふっと振り返りて、これも無言に脇を流るる冷汗、跣足《はだし》になりて逃げ出したき思

＊按察の後室　「源氏物語」若紫巻に出てくる紫の上の祖母。
＊冠っ切りの若紫　「冠っ切り」はおかっぱ頭。「若紫」は幼い紫の上のこと。

いなり。

つねの美登利ならば信如が難義の体《てい》を指さして、あれあれあの意久地なしと笑うて笑うて笑い抜いて、言いたいままの悪《にく》まれ口、よくもお祭りの夜は正太さんに仇《あだ》をするとて私たちが遊びの邪魔をさせ、罪も無い三ちゃんを擲《たた》かせて、お前は高見で采配《さいはい》を振っておいでなされたの、さああやまりなさんすか、なんとでござんす、私のことを女郎女郎と長吉づらに言わせるのもお前の指図《さしず》、女郎でもいいではないか、塵《ちり》一本お前さんが世話にはならぬ、私には父《とと》さんもあり母さんもあり、大黒屋の旦那も姉《あね》さんもある、お前のような腥《なまぐさ》のお世話にはようならぬほどによけいな女郎呼ばわり置いてもらいましょ、言うことがあらば陰のくすくすならでここでお言いなされ、お相手にはいつでもなって見せまする、さあなんとでござんす、と袂を捉らえて捲《まく》しかくる勢い、さこそは当りがとうもあるべきを、物いわず格子のかげに小隠れて、さりとて立ち去るでもなしにただうじうじと胸とどろかすはつねの美登利のさまにてはなかりき。

十三

ここは大黒屋のと思う時より信如は物の恐ろしく、左右を見ずして直《ひた》あゆみにせしなれども、あやにくの雨、あやにくの風、鼻緒をさえに踏み切りて、詮なき門下に紙縒《こ》よ《より》を縷る心地、憂きことさまざまにどうも堪えられぬ思いのありしに、飛石の足音は背より冷水《ひやみず》をかけられるがごとく、顧みねどもその人と思うに、わなわなと慄《ふる》えて顔の色も変るべく、後向きになりてなおも鼻緒に心を尽すと見せながら、半ばは夢中にこの下駄いつまでかかりてもはけるようにはならんともせざりき。

庭なる美登利はさしのぞいて、ええ不器用なあんな手つきしてどうなるものぞ、紙縷は婆々《ばば》縷《より》、藁《わら》しべなんぞ前壺《まえつぼ》に抱かせたとて長もちのすることではない、それそれ羽織の裾が地について泥になるは御存じないか、あれ傘が転がる、あれを畳《たた》んで立てかけておけばよいにと一一もどかしゅう歯がゆくは思えども、ここに裂《き》れがござんす、これでおすげなされと呼びかくることもせず、これも立ち尽して降る雨袖に侘《わび》しきを、厭いもあえず小隠れて覗《うかが》いしが、さりとも知らぬ母の親はるかに声をかけて、火のしの火が熾《おこ》りましたぞえ、この美登利さんは何を遊んでいる、雨の降るに表へ出てのいたずらはなりませぬ、またこの間のように風引こうぞと呼び立てらるるに、はい今行きますと大きく言いて、その声信如に聞えしを恥かしく、胸はわくわくと上気して、どうでも明けられぬ門の際《きわ》にさりとも見過しがたき難義をさまざまの思案尽して、格子の間より手に持つ裂れを物いわず投げ出だせば、見ぬように見て知らず顔を信如のつくるに、ええいつもの通りの心根とやるせなき思いを眼に集めて、少し涕《なみだ》の恨み顔、何を憎んでそのようにつれなきそぶりは見せらるる、言いたいことはこなたにあるを、あまりな人とこみ上ぐるほど思いに迫れど、母親の呼び声しばしばなるを侘しく、詮方なさに一ト足二タ足ええなんぞいの未練くさい、思わく恥かしと身をかえして、かたかたと飛石を伝いゆくに、信如は今ぞ淋しゅう見かえれば紅入り友仙の雨にぬれて紅葉《もみじ》の形《かた》のうるわしきがわが足ちかく散りぼいたる、そぞろに床しき思いはあれども、手に取りあぐることをもせず空《むな》しゅう眺めて憂き思いあり。

わが不器用をあきらめて、羽織の紐《ひも》の長きをはずし、結《ゆわ》いつけにくるくると見ともなき間に合せをして、これならばと踏み試むるに、歩きにくきこと言うばかりなく、この下駄で田町まで行くことかと今さら難義は思えども詮方なくて立ち上る信如、小包みを横に二タ足ばかりこの門をはなるるにも、友仙の紅葉眼に残りて、捨てて過ぐるにしのびがたく心残りして見返れば、信《のぶ》さんどうした鼻緒を切ったのか、その姿《なり》はどうだ、見ッともないなと不意に声をかくる者のあり。

驚いて見かえるに暴れ者の長吉、いま廓内《なか》よりの帰りと覚《おぼ》しく、裕衣《ゆかた》を重ねし唐桟《とうざん》の着物に柿色の三尺をいつもの通り腰の先にして、黒八の襟のかかった新らしい半天、印の傘をさしかざし高足駄の爪皮《つまかわ》も今朝よりとはしるき漆の色、きわぎわしゅう見えて誇らしげなり。

僕は鼻緒を切ってしまってどうしようかと思っている、本当に弱っているのだ、と信如の意久地なきことを言えば、そうだろうお前に鼻緒の立ちッこはない、いいやおれの下駄をはいて行きねえ、この鼻緒は大丈夫だよというに、それでもお前が困るだろう。なにおれは馴れたものだ、こうやってこうすると言いながらあわただしゅう七分三分に尻端折《しりはしお》りて、そんな結《ゆわ》いつけなんぞよりこれがさっぱりだと下駄を脱ぐに、お前跣足《はだし》になるのかそれでは気の毒だと信如困りきるに、いいよ、おれは馴れたことだ信さんなんぞは足の裏が柔らかいから跣足で石ごろ道は歩けない、さあこれをはいておいで、と揃えて出す親切さ、人には疫病神《やくびょうがみ》のように厭われながらも毛虫眉毛を動かして優しきことばのもれ出づるぞおかしき。信さんの下駄はおれが提《さ》げて行こう、台処《だいどこ》へ抛《ほう》り込んでおいたら子細はあるまい、さあはき替えてそれをお出しと世話をやき、鼻緒の切れしを片手に提げて、それなら信さん行っておいで、のちに学校で逢おうぜの約束、信如は田町の姉のもとへ、長吉はわが家の方《かた》へと行き別れるに思いの止《とど》まる紅入りの友仙はいじらしき姿を空しく格子門の外にと止めぬ。

十四

この年三の酉《とり》までありて中一日はつぶれしかど前後の上天気に大鳥神社の賑わいすさまじくここをかこつけに検査場の門より乱れ入る若人《わこうど》たちの勢いとては、天柱《てんちゅう》くだけ地維《ちい》かくるかと思わるる笑い声のどよめき、中之町の通りはにわかに方角の替りしように思われて、角町《すみちょう》京町《きょうまち》ところどころのはね橋より、さっさ押せ押せと猪牙《ちょき》がかった言葉に人波を分くる群もあり、河岸《かし》の小店の百囀《ももさえ》ずりより、優にうず高き大《おお》籬《まがき》の楼上まで、絃歌《げんか》の声のさまざまに沸き来るような面白さは大方の人おもい出て忘れぬものに思《おぼ》すもあるべし。正太はこの日日がけの集めを休ませもらいて、三五郎が＊大頭《おおがしら》の店を見舞うやら、団子屋の背高《せいたか》が愛想気《あいそげ》のない汁粉《しるこ》やをおとずれて、どうだ儲けがあるかえと言えば、正さんお前いいところへ来た、おれが餡《あん》この種なしになってもう今からは何を売ろう、すぐさま煮かけてはおいたけれど中途《なかたび》お客は断われない、どうしような、と相談をかけられて、智恵なしの奴め大鍋《おおなべ》のぐるりにそれッくらい無駄がついているではないか、それへ湯を廻して砂糖さえ甘くすれば十人前や二十人は浮いて来よう、どこでもみんなそうするのだお前のとこばかりではない、なにこの騒ぎの中で好悪《よしあし》を言うものがあろうか、お売りお売りと言いながら先に立って砂糖の壺を引き寄すれば、目ッかちの母親おどろいた顔をして、お前さんは本当に商人《あきんど》にできていなさる、恐ろしい智恵者だと賞めるに、なんだこんなことが智恵者なものか、今横町の潮吹きのとこで餡が足りないッてこうやったを見て来たのでおれの発明ではない、と言い捨てて、お前は知らないか美登利さんのいるところを、おれは今朝から探しているけれどどこへ行ったか筆やへも来ないという、廓内《なか》だろうかなと問えば、むむ美登利さんはな今の先おれの家《うち》の前を通って揚屋町《あげやまち》の刎橋《はねばし》からはいって行っ

＊大頭　唐の芋のこと。酉の市の売りもの。

た、本当に正さん大変だぜ、今日はね、髪をこういう風にこんな嶋田《しまだ》に結ってと、変てこな手つきして、奇麗だねあの娘《こ》はと鼻を拭きつつ言えば、大巻さんよりなおいいや、だけれどあの子も華魁《おいらん》になるのではかわいそうだと下を向いて正太の答うるに、いいじゃあないか華魁になれば、おれは来年から*際物屋《きわものや》になってお金をこしらえるがね、それを持って買いに行くのだと頓馬《とんま》を現わすに、洒落《しゃら》くさいことを言っていらあそうすればお前はきっと振られるよ。なぜなぜ。なぜでも振られるわけがあるのだもの、と顔を少し染めて笑いながら、それじゃあおれも一廻りして来ようや、また後《のち》に来るよと捨て台辞《ぜりふ》して門に出て、十六七のころまでは蝶《ちょう》よ花よと育てられ、と怪しきふるえ声にこのごろここのはやりぶしを言って、今では勤めが身にしみてと口の内にくり返し、例の雪駄の音たかく浮きたつ人の中に交りて小さき身体はたちまちに隠れつ。

揉《も》まれて出でし廓の角、向うより番頭新造《ばんとうしんぞ》のお妻と連れ立ちて話しながら来るを見れば、まがいもなき大黒屋の美登利なれども誠に頓馬の言いつるごとく、初々《ういうい》しき大嶋田結《ゆ》い綿《わた》のように絞りばなしふさふさとかけて、鼈甲《べっこう》のさし込み、総《ふさ》つきの花かんざしひらめかし、いつよりは極彩色のただ京人形を見るように思われて、正太はあっとも言わず立ち止まりしままいつものごとくは抱きつきもせで打ち守るに、こなたは正太さんかとて走り寄り、お妻どんお前買い物があらばもうここでお別れにしましょ、私はこの人と一しょに帰ります、さようならとて頭《かしら》を下げるに、あれ美《み》いちゃんの現金な、もうお送りはいりませぬとかえ、そんなら私は京町で買物しましょ、とちょこちょこ走りに長屋の細道へ駆け込むに、正太はじめて美登利の袖を引いてよく似合うね、いつ結ったの今朝かえ昨日《きのう》かえなぜはやく見せてはくれなかった、と恨めしげに甘ゆれば、美登利打ちしおれて口重く、姉さんの部屋で今朝結ってもらったの、私はいやでしょうがない、とさし俯向《うつむ》きて往き来を恥じぬ。

十五

憂く恥かしく、つつましきこと身にあれば人の褒めるは嘲りと聞きなされて、嶋田の髷《まげ》のなつかしさに振りかえり見る人たちをばわれを蔑《さげす》む眼つきととられて、正太さ

＊際物屋　季節や流行を目当てにした商売。

ん私はうちへ帰るよと言うに、なぜ今日は遊ばないのだろう、お前何か小言を言われたのか、大巻さんと喧嘩でもしたのではないか、と子供らしいことを問われて答えはなんと顔の赤らむばかり、連れ立ちて団子屋の前を過ぎるに頓馬は店より声をかけてお中がよろしゅうございますと仰山な言葉を聞くより美登利は泣きたいような顔つきして、正太さん一しょに来てはいやだよと、置きざりに一人足を早めぬ。

お酉さまへもろともにと言いしを道引き違《たが》えてわが家の方《かた》へと美登利の急ぐに、お前一しょには来てくれないのか、なぜそっちへ帰ってしまう、あんまりだぜと例のごとく甘えてかかるを振り切るように物言わず行けば、なんのゆえとも知らねども正太は呆れて追いすがり袖を止《とど》めては怪しがるに、美登利顔のみ打ち赤めて、なんでもない、と言う声わけあり。

寮の門をばくぐり入るに正太かねても遊びに来馴れてさのみ遠慮の家にもあらねば、跡より続いて縁先からそっと上るを、母親見るより、おお正太さんよく来て下さった、今朝から美登利の機嫌が悪くてみんなあぐねて困っています、遊んでやって下されと言うに、正太は大人らしゅうかしこまりて加減が悪るいのですかと真面目に問うを、いいえ、と母親怪しき笑顔《えがお》をして少したてばなおりましょう、いつでも極《きま》りのわがままさん、さぞお友達とも喧嘩しましょうな、ほんにやりきれぬ嬢さまではあるとて見かえるに、美登利はいつか小座敷に蒲団抱巻《ふとんかいまき》持ち出でて、帯と上着を脱ぎ捨てしばかり、うつ伏し臥《ふ》して物をも言わず。

正太は恐る恐る枕《まくら》もとへ寄って、美登利さんどうしたの病気なのか心持が悪いのか全体どうしたの、とさのみは摺《す》り寄らず膝に手を置いて心ばかりをなやますに、美登利はさらに答えもなく押ゆる袖にしのび音《ね》の涕、まだ結いこめぬ前髪の毛の濡れて見ゆるもわけありとはしるけれど、子供心に正太はなんと慰めの言葉も出でずただひたすらに困り入るばかり、全体何がどうしたのだろう、おれはお前に怒られることはしもしないに、何がそんなに腹が立つの、と覗き込んで途方にくるれば、美登利は眼を拭うて正太さん私は怒っているのではありません。

それならどうしてと問われれば憂きことさまざまこれはどうでも話しのほかの包《つつ》ましさなれば、誰れに打ち明けいう筋ならず、物言わずしておのずと頰の赤うなり、さして何とは言われねども次第次第に心細き思い、すべて昨日の美登利の身に覚えなかりし思いをもうけて物の恥かしさ言うばかりなく、なることならば薄暗き部屋のうちに誰れとて言葉をかけもせずわが顔ながむる者なしに一人気ままの朝夕を経たや、さらばこのようの憂きことありとも人目つつましからずばかくまで物は思うまじ、いつまでもいつまでも人形と紙雛《あね》さまとをあい手にして飯事《ままごと》ばかりしていたらばさぞかし嬉しきことならんを、ええいやいや、大人になるはいやなこと、なぜこのように年をば取る、もう七月十月《ななつきとつき》、一年もとへ帰りたいにと老人《としより》じみた考えをして、正太のここにあるをも思われず、物いいかければことごとく蹴ちらして、帰っておくれ正太さん、後生だから帰っておくれ、お前がいると私は死んでしまうであろう、物を言われると頭痛がする、口を利くと眼がまわる、誰れも誰れも私のところへ来てはいやなれば、お前もどうぞ帰ってと例に似合わぬ愛想づかし、正太は何故《なに》とも得《え》ぞ解きがたく、煙《けぶり》のうちにあるようにてお前はどうしても変てこだよ、そんなことを言うはずはないに、おかしい人だね、とこれはいささか口惜《くちお》しき思いに、落ちついて言いながら目には気弱の涙のうかぶを、何とてそれに心を置くべき帰っておくれ、帰っておくれ、いつまでここにいてくれればもうお友達でもなんでもない、いやな正太さんだと憎らしげに言われて、それならば帰るよ、お邪魔さまでございましたとて、風呂場に加減見る母親には挨拶もせず、ふいと立って正太は庭先よりかけ出だしぬ。

十六

真一文字に駆けて人中を抜けつ潜《くぐ》りつ、筆屋の店へおどり込めば、三五郎はいつか店をば売りしもうて、腹掛けのかくしへ若干金《なにがし》かをじゃらつかせ、弟妹《おとといもと》引きつれつつ好きな物をばなんでも買えの大兄《おおにい》さん、大愉快の最中《もなか》へ正太の飛び込み来しなるに、やあ正さん今お前をば探していたのだ、おれは今日は大分の儲けがある、何か奢《おご》って上げようかと言えば、馬鹿をいえ手前《てめえ》に奢ってもらうおれではないわ、黙っていろ生意気は吐《つ》くなといつになく荒らいことを言って、それどころではないとて鬱《ふさ》ぐに、なんだなんだ喧嘩かと喰べかけの餡ぱんをふところに捻《ね》じ込んで、相手は誰れだ、竜華寺か長吉か、どこで始まった廓内《なか》か鳥居前か、お祭りの時とは違うぜ、不意でさえなくば負けはしない、おれが承知だ先棒は振らあ、正さん胆《きも》ッ玉をしっかりしてかかりねえ、と競《きそ》いかかるに、ええ気の早い奴め、喧嘩ではない、とてさすがに言いかねて口を噤《つぐ》めば、でもお前が大層らしく飛び込んだからおれは一途《いちず》に喧嘩かと思った、だけれど正さん今夜はじまらなければもうこれから喧嘩の起りッこはないね、長吉の野お前知らずかおれもたった今うちの父《とつ》さんが竜華寺の御新造と話していたを聞いたのだが、信《のぶ》さんはもう近々どこかの坊さん学校へはいるのだとさ、衣を着てしまえば手が出ねえや、からっきりあんな袖のぺらぺらした、恐ろしい長い物を捲り上げるのだからね、そうなれば来年から横町も表も残らずお前の手下だよとそやすに、よしてくれ二銭貰うと長吉の組になるだろう、お前みたようのが百人中間《なかま》にあったとてちっとも嬉しいことはない、着きたい方へどこへでも着きねえ、おれは人は頼まないほんの腕ッこで一度竜華寺とやりたかったに、よそへ行かれては仕方がない、藤本は来年学校を卒業してから行くのだと聞いたが、どうしてそんなに早くなったろう、しょうのない野郎だと舌打ちしながら、それは少しも心に止まらねども美登利が素振りのくり返されて正太は例の歌も出ず、大路の往き来のおびただしきさえ心淋しければ賑やかなりとも思われず、火ともしごろより筆やが店に転がりて、今日の酉の市目茶目茶にここもかしこも怪しきこととなりき。

美登利はかの日を始めにして生まれかわりしようの身の振舞い、用ある折は廓の姉のもとにこそ通え、かけても町に遊ぶことをせず、友達さびしがりて誘いにと行けば今に今にと空約束《からやくそく》はてしなく、さしもに中よしなりけれど正太とさえに親しまず、いつも恥かしげに顔のみ赤めて筆やの店に手踊りの活潑《かっぱつ》さは再び見るに難くなりける、人は怪しがりて病いのせいかと危ぶむもあれども母親一人ほほ笑みては、今にお俠《きゃん》の本性は現われまする、これは中休みとわけありげに言われて、知らぬ者にはなんのこととも思われず、女らしゅうおとなしゅうなったと褒めるもあればせっかくの面白い子を種なしにしたと誹《そし》るもあり、表町はにわかに火の消えしよう淋しくなりて正太が美音も聞くことまれに、ただ夜な夜なの弓張提燈《ゆみはりぢょうちん》、あれは日がけの集めとしるく土手を行く影そぞろ寒げに、折ふし供する三五郎の声のみいつに変らずおどけては聞えぬ。

竜華寺の信如がわが宗《しゅう》の修業の庭に立ち出づるうわさをも美登利は絶えて聞かざりき、ありし意地をばそのままに封じ込めて、ここしばらくの怪しのさまにわれをわれとも思われず、ただ何事も恥かしゅうのみありけるに、ある霜の朝水仙《すいせん》の作り花を格子門の外よりさし入れおきし者のありけり、誰れの仕業と知るよしなけれど、美登利は何ゆえとなく懐《なつ》かしき思いにて違い棚《だな》の一輪ざしに入れて淋しく清き姿をめでけるが、聞くともなしに伝え聞くその明けの日は信如が何がしの学林に袖の色かえぬべき当日なりしとぞ。

明治二十八年一月「文学界」

今戸心中

広津柳浪

一

太空《そら》は一片《ぺん》の雲も宿《とど》めないが黒味渡ッて、二十四日の月はまだ上らず、霊あるがごとき星のきらめきは、仰げば身も冽《しま》るほどである。不夜城を誇り顔の電気燈にも、霜枯れ三月《みつき》の淋《さび》しさは免《のが》れず、*大門《おおもん》から水道尻《すいどうじり》まで、茶屋の二階に甲走《かんばし》ッた声のさざめきも聞えぬ。

明後日《あさって》が初酉《はつとり》の十一月八日、今年はやや温暖《あたた》かく小袖《こそで》を三枚重襲《みつかさね》るほどにもないが、夜が深《ふ》けてはさすがに初冬の寒気《さむさ》が身に浸みる。

少時前報《いまのさきう》ッたのは、*角海老《かどえび》の大時計の十二時である。京町には素見客《ひやかし》の影も跡を絶ち、角町《すみちょう》には夜を警《いまし》めの鉄棒《かなぼう》の音も聞える。里の市が流して行く笛の音が長く尻を引いて、*張店《はりみせ》にもやや雑談《はなし》の途断《とぎ》れる時分となッた。

廊下には上草履《うわぞうり》の音がさびれ、台の物の遺骸《いがい》を今室《へや》の外へ出しているところもある。はるかの三階からは甲走ッた声で、喜助どん喜助どんと床番を呼んでいる。

「うるさいよ。あんまりしつこいじゃアないか。くさくさしッちまうよ」と、じれッたそうに廊下を急歩《いそい》で行くのは、当楼《ここ》の二枚目を張ッている吉里《よしざと》*という娼妓《おいらん》である。

「そんなことを言ッてなさッちゃア困りますよ。ちょいとおいでなすッて下さい。花魁《おいらん》、困りますよ」と、吉里の後から追い縋《すが》ッたのはお熊《くま》という新造《しんぞう》*。

吉里は二十二三にもなろうか、今が稼《かせ》ぎ盛りの年輩《としごろ》である。美人質《びじんだち》ではないが男好きのする丸顔で、しかもどこかに剣が見える。睨《にら》まれると凄《すご》いような、にッこりされると戦《ふる》いつきたいような、清《すず》しい可愛らしい重縁眼《ふたかわめ》が少し催涙《うるん》で、一の字眉《まゆ》を癪《しゃく》だというあんばいに釣《つ》り上げている。縊《くく》り腮《あご》をわざと突き出したほど上を仰《む》き、左の牙歯《いときりば》が上唇《うわくちびる》を噛《か》んでいるので、高い美しい鼻は高慢らしくも見える。懐手《ふところで》をして

*大門から水道尻　大門は吉原遊廓の正門。仲の町を中央通りに、江戸町・角町・揚屋町・京町などの横通りを抱え、仲の町のつき当りが水道尻と呼ばれた。

*角海老　「たけくらべ」注参照。

*張店　張見世。「里の今昔」注参照。

*吉里　京町二丁目中米楼の遊女。ただしこの事件後、吉里の看板はこの店では打止めになった。

*新造　「たけくらべ」注参照。

肩を揺すッて、昨日《きのう》あたりの島田髷《まげ》をがくりがくりとうなずかせ、今月《この》一日《にち》に更衣《うつりかえ》をしたばかりの*裲襠《しかけ》の裾《すそ》に廊下を拭《ぬ》わせ、大跨《おおまた》にしかも急いで上草履を引き摺《ず》ッている。

お熊は四十格向《がっこう》で、薄痘痕《うすいも》があッて、小鬢《こびん》に禿《はげ》があッて、右の眼が曲《ゆが》んで、口が尖《とんが》らかッて、どう見ても新造面《しんぞうづら》――意地悪別製の新造面である。

二女《ふたり》は今まで争ッていたので、うるさがッて室《へや》を飛び出した吉里を、お熊が追いかけて来たのである。

「裾が引き摺ッてるじゃアありませんか。しようがないことね」

「いいじゃアないか。引き摺ッてりゃ、どうしたと言うんだよ。お前さんに調《こさ》えてもらやアしまいし、かまッておくれでない」

「さようさね。花魁をお世話申したことはありませんからね」

吉里は返辞をしないでさッさッと行く。お熊はなお附き纏《まと》ッて離れぬ。

「ですがね、花魁。あんまりわがままばかりなさると、私が*御内所《ごないしょ》で叱《しか》られますよ」

「ふん。お前さんがお叱られじゃお気の毒だね。吉里がこうこうだッて、お神さんに何とでも訴《いっつ》けておくれ」

白字《はくじ》で小万《こまん》と書いた黒塗りの札を掛けてある室の前に吉里は歩《あし》を止めた。

「善さんだッてお客様ですよ。さッきからお酒肴《あつらえ》が来てるんじゃありませんか」

「善さんもお客だッて。誰《だれ》がお客でないと言ッたんだよ。当然《あたりまえ》なことをお言いでない」と、吉里は障子を開けて室内《うち》に入ッて、後をぴッしゃり手荒く閉めた。

「どうしたの。また疳癪《かんしゃく》を発《おこ》しておいでだね」

次の間の長《なが》火《ひ》鉢《ばち》で燗《かん》をしながら吉里へ声をかけたのは、小万と呼び当楼《ここ》のお職女郎。*娼妓《おいらん》じみないでどこにか品《ひん》格もあり、吉里には二三《ふたつみッつ》歳の年増《としま》である。

「だッて、あんまりうるさいんだもの」

「今晩もかい。よく来るじゃアないか」と、小万は小声で言ッて眉を皺《よ》せた。

「察しておくれよ」と、吉里は戦慄《みぶるい》しながら火鉢の前に蹲踞《しゃが》んだ。

張り替えたばかりではあるが、朦朧《もうろう》たる行燈《あんどう》の火光《ひかげ》で、二女《ふたり》はじッと顔を見合わせた。小万がにッこりすると吉里もさも嬉《うれ》しそうに笑ッたが、またさも術なそうな色も

＊裲襠　「たけくらべ」注参照。
＊御内所　女郎屋の主人・家族のいる部屋。転じてそこにいる主人または妻をさす。
＊お職女郎　「たけくらべ」注参照。

見えた。

「平田さんが今おいでなさッたから、お梅どんをじきに知らせて上げたんだよ」

「そう。ありがとう。気休めだともッたら、西宮さんは実があるよ」

「早く奥へおいでな」と、小万は懐紙で鉄瓶《てつびん》の下を煽《あお》いでいる。

吉里は燭台煌々《しょくだいこうこう》たる上《かみ》の間《ま》を眩《まぶ》しそうに覗《のぞ》いて、「何だか悲アしくなるよ」と、覚えず腮《あご》を襟《えり》に入れる。

「顔出しだけでもいいんですから、ちょいとあちらへおいでなすッて下さい」と、例のお熊は障子の外から声をかけた。

「静かにしておくれ。お客さまがいらッしゃるんだよ」

「御免なさいまし」と、お熊は障子を開けて、「小万さんの花魁、どうも済みませんね」と、にッこり会釈し、今奥へ行こうとする吉里の背後《うしろ》から、「花魁、困るじゃアありませんか」

「今行くッたらいいじゃアないか。ああうるさいよ」と、吉里は振り向きもしないで上の間へ入ッた。

客は二人である。西宮は床の間を背《うしろ》に胡座《あぐら》を組み、平田は窓を背《うしろ》にして膝《ひざ》も崩《くず》さずにいた。

西宮は三十二三歳で、むッくりと肉づいた愛嬌《あいきょう》のある丸顔。結城紬《ゆうきつむぎ》の小袖に同じ羽織という打扮《いでたち》で、どことなく商人らしくも見える。

平田は私立学校の教員か、専門校の学生か、また小官員《こかんいん》とも見れば見らるる風俗で、黒七子《くろななこ》の三つ紋の羽織に、藍縞《あいじま》の節糸織《ふしいとおり》と白ッぽい上田縞の二枚小袖、帯は白縮緬《しろちりめん》をぐいと緊《しま》り加減に巻いている。歳《とし》は二十六七にもなろうか。髪はさまで櫛《くし》の歯も見えぬが、房々と大波を打ッて艶《つや》があって真黒であるから、雪にも紛う顔の色が一層引ッ立ッて見える。細面ながら力身《りきみ》をもち、鼻がすッきりと高く、きッと締ッた口尻の愛《あい》嬌《きょう》は靨《えくぼ》かとも見紛われる。とかく柔弱《にやけ》たがる金縁の眼鏡も厭味《いやみ》に見えず、男の眼にも男らしい男振りであるから、遊女なぞにはわけて好かれそうである。

吉里が入ッて来た時、二客《ふたり》ともその顔を見上げた。平田はすぐその眼を外《そ》らし、思い出したように猪口《ちょく》を取ッて仰ぐがごとく口へつけた、酒がありしや否やは知らぬが。

吉里の眼もまず平田に注いだが、すぐ西宮を見て懐愛《なつか》しそうににッこり笑ッて、「兄さん」と、裲襠《しかけ》を引き摺ッたまま走り寄り、身を投げかけて男の肩を抱《いだ》いた。

「はははは。門迷《とまど》いをしちゃア困るぜ。何だ、さッきから二階の櫺子《れんじ》から覗いたり、店の格子に*蟋蟀《きりぎりす》をきめたりしていたくせに」と、西宮は吉里の顔を見て笑ッている。

吉里はわざとつんとして、「あんまり馬鹿におしなさんなよ。そりゃ昔のことですのさ」

「そう諦《あきら》めてくれりゃア、私も大助かりだ。あいたたた。*太股《ふともも》ふッつりのお身替りなざア、ちとありがた過ぎる方だぜ。この上臂《ひじ》突きにされて、ぐりぐりでも極《き》められりゃア、世話アねえ。復讐《しかえし》がこわいから、覚えてるがいい」

「だッて、あんまり憎らしいんだもの」と、吉里は平田を見て、「平田さん、お前さんよく今晩来たのね。まだお国へ行かないの」

平田はちょいと吉里を見返ッてすぐ脇《わき》を向いた。

「さアそろそろ始まッたぞ。今夜は*紋日《もんび》でなくッて、紛紜日《もめび》とでも言うんだろう。あッちでも始まればこッちでも始まる。酉《とり》の市《まち》は明後日《あさって》でございい。さア負けたア負けたア、大負けにまけたアまけたア」と、西宮は理《わけ》も分らぬことを言い、わざとらしく高く笑うと、「本統に馬鹿にしていますね」と、吉里も笑いかけた。

「戯言《じょうだん》は戯言だが、さッきから大分紛雑《もめ》てるじゃアないか。あんまり疳癪を発《おこ》さないがいいよ」

りまさアね」

「だッて。ね、そら……」と、吉里は眼に物を言わせ、「だもの、ちッたあ疳癪も発

「そうかい。来てるのかい、富沢町《とみざわちょう》が」と、西宮は小声に言ッて、「それもいいさ。久しぶりで——あんまり久しぶりでもなかッた、一昨日《おととい》の今夜だッけね。それでもまア久しぶりのつもりで、おい平田、盃《さかずき》を廻したらいいだろう。おッと、お代《かわ》り目《め》だッた。おい、まだかい。酒だ、酒だ」と、次の間へかけて呼ぶ。

「もうすこし。お前さんも性急《せっかち》だことね。ついぞない。お梅どんが気が利《き》かないんだもの、加炭《つい》どいてくれりゃあいいのに」と、小万が煽《あお》ぐ懐紙の音がして、低声《こごえ》の話声《はなし》も聞えるのは、まだお熊が次の間にいると見える。

吉里は紙巻煙草《シガー》に火を点《つ》けて西宮へ与え、「まだ何か言ッてるよ。ああ、いやだい

＊格子に蟋蟀　張店の窓際に当る所が格子になっている。その格子にぴったりくっついている様子。
＊太股ふッつり　太股をつねられること。
＊紋日　祭日・物日などで、この日馴染客は特別の祝儀を出したり、付け届けをしたりする。揚代が割増しとなるので遊女は休めなかった。

やだ」

「またいやだいやだを始めたぜ。あの人も相変らずよく来てるじゃアないか。あんまりわれわれに負けない方だ。迷わせておいて、今さら厭だとも言えまい。うまい言の一語《ひとこと》も言ッて、ちッたあ可愛がッてやるのも功徳《くどく》になるぜ」

「止《よ》しておくんなさいよ。一人者になッたと思ッて、あんまり酷待《いじめ》ないで下さいよ」

「一人者だと」と、西宮はわざとらしく言う。

「だッて、一人者じゃアありませんか」と、吉里は西宮を見て淋《さみ》しく笑い、きッと平田を見つめた。見つめているうちに眼は一杯の涙となッた。

二

平田は先刻《さきほど》から一言《ひとこと》も言わないでいる。酒のない猪口《ちょく》が幾たび飲まれるものでもなく、食いたくもない下物《さかな》を挘《むし》ッたり、煮えつく*楽鍋《たのしみなべ》に杯泉《はいせん》の水を加《さ》したり、三つ葉を挟《はさ》んで見たり、いろいろに自分を持ち扱いながら、吉里がこちらを見ておらぬ隙《すき》を覘《ねら》ッては、眼を放し得なかッたのである。隙を見損《みそこ》なッて、覚えず今吉里へ顔を見合わせると、涙一杯の眼で怨《うら》めしそうに自分を見つめていたので、はッと思いながら外《はず》し損ない、同じくじッと見つめた。吉里の眼にはらはらと涙が零《こぼ》れると、平田はたまらなくなッてうつむいて、深く息を吐《つ》いて涙ぐんだ。

西宮は二人の様子に口の出し端《は》を失い、酒はなし所在はなし、またもや次の間へ声をかけた。

「おい、まだかい」

「ああやッと出来ましたよ」と、小万は燗瓶《かんびん》を鉄瓶から出しながら、「そんなわけなんだからね。いいかね、お熊どん。私がまた後でよく言うからね、今晩はわがままを言わせておいておくれ」

「どうかねえ。お頼み申しますよ」と、お熊は唐紙《からかみ》越しに、「花魁、こなたの御都合でねえ、よござんすか」

「うるさいよッ」と、吉里も唐紙越しに睨んで、「人のことばッかし言わないで、自分も気をつけるがいいじゃアないか。ちッたアそこで燗番でもするがいいんさ。小万

＊楽鍋　多種の材料を煮ながら食べる寄鍋のようなもの。

さんの働いておいでなのが見えないのか。自分がいやなら、誰かよこしとくがいいじゃアないか」

「はい、はい。どうもお気の毒さま」と、お熊は室外《そと》へ出た。

「本統に誰かよこしておくんなさいよ。お梅どんがどッかいるだろうから、来るように言ッておくんなさいよ」と、小万も上の間へ来ながら声をかけたが、お熊はもういないのか返辞がなかッた。

「あんないやな奴《やつ》ッちゃアないよ。新造《しんぞ》を何だと思ッてるんだろう。花魁に使われてる奉公人じゃアないか。あんまりぐずぐず言おうもんなら、御内所へ断わッてやるぞ。何だろう、奉公人のくせに」

「もういいじゃアないかね。新造衆《しんぞしゅう》なんか相手にしたッて、どうなるもんかね」

小万は上の間に来て平田の前に座ッた。

平田は待ちかねたという風情で、「小万さん、一杯献《あ》げようじゃアないかね」

「まアお熱燗《あつ》いところを」と、小万は押えて平田へ酌《しゃく》をして、「平田さん、今晩は久しぶりで酔ッて見ようじゃありませんか」と、そッと吉里を見ながら言ッた。

「そうさ」と、平田はしばらく考え、ぐッと一息に飲み乾《ほ》した猪口を小万にさし、

「どうだい、酔ッてもいいかい」

「そうさなア。君まで僕を困らせるんじゃアないか」と、西宮は小万を見て笑いながら、「何だ、飲めもしないくせに。管《くだ》を巻かれちゃア、旦那様《だんなさま》がまたお困り遊ばさア」

「いつ私が管を巻いたことがあります」と、小万は仰山《ぎょうさん》らしく西宮へ膝を向け、「さアお言いなさい。外聞の悪いことをお言いなさんなよ」

「小万さん、お前も酔ッておやりよ。私ゃ管でも巻かないじゃアやるせがないよ。ねえ兄さん」と、吉里は平田をじろりと見て、西宮の手をしかと握り、「ねえ、このくらいなことは勘忍して下さるでしょう」

「さア事だ。一人でさえ持て余しそうだのに、二人まで大敵を引き受けてたまるもんか。平田、君が一方を防ぐんだ。吉里さんの方は僕が引き受けた。吉里さん、さア思うさま管を巻いておくれ」

「ほほほ。あんなことを言ッて、また私をいじめようともッて。小万さん、お前加勢しておくれよ」

「いやなことだ。私ゃ平田さんと仲よくして、おとなしく飲むんだよ。ねえ平田さん」

「ふん。不実同士揃《そろ》ッてやがるよ。平田さん、私がそんなに怖《こわ》いの。執《と》ッ着《つ》きゃしませんからね、安心しておいでなさいよ。小万さん、注《つ》いでおくれ」と、吉里は猪口を出したが、「小杯《ちいさく》ッて面倒くさいね」と傍《そば》にあッた湯呑《ゆの》みと取り替え、「満々《なみなみ》注いでおくれよ」

「そろそろお株をお始めだね。大きい物じゃア毒だよ」

「毒になッたッてかまやアしない。お酒が毒になッて死んじまッたら、いッそ苦労がなくッて……」と、吉里はうつむき、握ッていた西宮の手へはらはらと涙を零《こぼ》した。

平田は額に手を当てて横を向いた。西宮と小万は顔を見合わせて覚えず溜息《ためいき》を吐《つ》いた。

「ああ、つまらないつまらない」と、吉里は手酌で湯呑みへだくだく、と注ぐ。

「お止しと言うのに」と、小万が銚子《ちょうし》を奪《と》ろうとすると、「酒でも飲まないじゃア……」と、吉里がまた注ぎにかかるのを、小万は無理に取り上げた。吉里は一息に飲み乾し、顔をしかめて横を向き、苦しそうに息を吐いた。

「剛情だよ、また後で苦しがろうと思ッて」

「お酒で苦しいくらいなことは……。察して下さるのは兄さんばかりだよ」と、吉里は西宮を見て、「堪忍して下さいよ。もう愚痴は溢《こぼ》さない約束でしたッけね。ほほほほほほ」と、淋しく笑ッた。

「花魁《おいらん》、花魁」と、お熊がまたしても室外《そと》から声をかける。

「今じきに行くよ」と、吉里も今度は優しく言う。お熊は何も言わないであちら へ行ッた。

「ちょいと行ッて来ちゃアどうだね、も一杯威勢を附けて」

西宮が与《さ》した猪口に満々《なみなみ》と受けて、吉里は考えている。

「本統にそうおしよ。あんまり放擲《うっちゃ》ッといちゃアよくないよ。善さんも気の毒な人さ。こんなに冷遇《され》ても厭な顔もしないで、毎晩のように来ておいでなんだから、怒らせないくらいにゃしておやりよ」と、小万も吉里が気に触《さわ》らないほどにと言葉を添えた。

「また無理をお言いだよ」と、吉里は猪口を乾《ほ》して、「はい、兄さん。本統に善さんにゃ気の毒だとは思うけれど、顔を見るのもいやなんだもの。信切《しんせつ》な人ではあるし……。信切にされるほど厭になるんだもの。誰かのように、実情《じつ》がないんじゃアなし、義理を知らないんじゃアなし……」

平田はぷいと坐を起《た》ッた。

「お便所《ちょうず》」と、小万も起とうとする。「なアに」と、平田は急いで次の間へ行ッた。

「放擲《うっちゃ》ッておおきよ、小万さん。どこへでも自分の好きなとこへ行くがいいやね」

次の間には平田が障子を開けて、「おやッ、草履がない」

「また誰か持ッてッたんだよ。困ることねえ。私のをはいておいでなさいよ」と、小万が声をかけるうちに、平田が重たそうに上草履を引き摺ッて行く音が聞えた。

「意気地のない歩きッ振りじゃないか」と、わざとらしく言う吉里の頰《ほお》を、西宮はちょいと突いて、「はははは。大分愛想尽《あいそづか》しをおっしゃるね」

「言いますとも。ねえ、小万さん」

「へん、また後で泣こうと思ッて」

「誰が」

「よし。きっとだね」と、西宮は念を押す。

「ふふん」と、吉里は笑ッて、「もう虐《いじ》めるのはたくさん」

店梯子《みせばしご》を駈《か》け上る四五人の足音がけたたましく聞えた。「お客さまア」と、声々に呼びかわす。廊下を走る草履が忙《せわ》しくなる。「小万さんの花魁、小万さんの花魁」と、呼ぶ声が走ッて来る。

「いやだねえ、今時分になって」と、小万は返辞をしないで眉を顰《ひそ》めた。

ばたばたと走ッて来た草履の音が小万の室《へや》の前に止ッて、「花魁、ちょいと」と、中音に呼んだのは、小万の新造のお梅だ。

「何だよ」

「ちょいとお顔を」

「あい。初会《*しょかい》なら謝罪《ことわ》ッておくれ」

「お馴染《なじ》みですから」

「誰だ。誰が来たんだ」と、西宮は小万の顔を真面目《まじめ》に見つめた。

「おほほ――、妬《や》けるんだよ」と、吉里は笑い出した。

「ははははは。どうだい、僕の薬罐《やかん》から蒸気《ゆげ》が発《た》ッてやアしないか」

「ああ、発ッてますよ。口惜《くや》しいねえ」と、吉里は西宮の腕を爪捻《つね》る。

「あいた。ひどいことをするぜ。おお痛い」と、西宮は仰山らしく腕を擦《さす》る。

小万はにっこり笑ッて、「あんまりひどい目に会わせておくれでないよ、虫が発《おこ》る

＊初会　初めての客。二度目に来ると裏または裏を返すといい、三度目からは馴染みという。

と困るからね」

「はははは。*でかばちもない虫だ」と、西宮。

「ほほほほ。可愛い虫さ」

「油虫じゃアないか」

「苦労の虫さ」と、小万は西宮をちょいと睨んで出て行ッた。

折から撃ッて来た拍子木は二時《おおびけ》である。*本見世《ほんみせ》と補見世《すけみせ》の籠《かご》の鳥がおのおの棲《とや》に帰るので、一時に上草履の音が轟《とどろ》き始めた。

三

吉里は今しも最後の返辞をして、わッと泣き出した。西宮は*さぴたの煙管《パイプ》を拭いながら、戦《ふる》える吉里の島田髷を見つめて術なそうだ。

燭台の蝋燭《ろうそく》は心が長く燃え出し、油煙が黒く上ッて、*燈《ともしび》は暗し数行虞氏《すうこうぐし》の涙《なんだ》という風情だ。

吉里の涙に咽《むせ》ぶ声がやや途切れたところで、西宮はさぴたを拭っていた手を止《とど》めて口を開いた。

「私しゃ気の毒でたまらない。実に察しる。これで、平田も心残りなく古郷《くに》へ帰れる。私も心配した甲斐《かい》があるというものだ。実にありがたかッた」

吉里は半ば顔を上げたが、返辞をしないで、懐紙で涙を拭いている。

「他のことなら何とでもなるんだが、一家の浮沈に関することなんだから、どうも平田が帰郷《かえら》ないわけに行かないんでね、私も実に困っているんだ」

「家君《おとッ》さんがなぜ御損なんかなすッたんでしょうねえ」と、吉里はやはり涙を拭いている。

「なぜッて。手違いだからしかたがないのさ。家君さんが気抜けのようになッたと言

＊でかばちもない虫　とてつもなく大きな虫。
＊本見世…　張見世の遊女のうちその夜の当番女郎。そのほかを補見世という。
＊さぴたの煙管　のりうつぎの木で作った当時流行のシガレット・ホールダー。のりうつぎを北海道で、サビタ、サピタといった。
＊燈は暗し…　橘相公の「燈暗うして数行虞氏が涙、夜深けぬれば四面楚歌の声」(「和漢朗詠集」)。有名な四面楚歌の場面で、項羽と虞美人との訣別の夜をうたったもの。

らうのに、幼稚《ちいさ》い弟《おとと》はあるし、妹《いもと》はあるし、お前さんも知ッてる通り母君《おッかさん》が死去《ない》のだから、どうしても平田が帰郷《かえ》ッて、一家の仕法をつけなければならないんだ。平田も可哀そうなわけさ」

「平田さんがお帰郷《かえり》なさると、皆さんが楽におなりなさるんですか」

「そうは行くまい。大概なことじゃ、なかなか楽になるというわけには行かなかろう。それで、急にまた出京《でてく》るという目的《あて》もないから、お前さんにも無理な相談をしたようなわけなんだ。先日《こないだから》来のようにお前さんが泣いてばかりいちゃア、談話《はなし》は出来ないし、実に困りきッていたんだ。これで私もやっと安心した。実にありがたい」

吉里は口にこそ最後の返辞をしたが、心にはまだ諦めかねた風で、深く考えている。

西宮は注《つ》ぎおきの猪口を口へつけて、「おお冷めたい」

「おや、済みません、気がつかないで。ほほほほほ」と、吉里は淋しく笑ッて銚子を取り上げた。

眼千両と言われた眼は眼蓋《まぶた》が腫《は》れて赤くなり、紅粉《おしろい》はあわれ涙に洗い去られて、一時間前の吉里とは見えぬ。

「どうだね、一杯《ひとつ》」と、西宮は猪口をさした。吉里は受けてついでもらッて口へ附けようとした時、あいにく涙は猪口へ波紋をつくッた。眼を閉《ねむ》ッて一息に飲み乾し、猪口を下へ置いてうつむいてまた泣いていた。

「本統でしょうね」と、吉里は涙の眼で外見悪《きまり》るそうに西宮を見た。

「何が」と、西宮は眼を丸くした。

「私ゃ何だか……、欺《だま》されるような気がして」と、吉里は西宮を見ていた眼を畳へ移した。

「困るなア、どうも。まだ疑ぐッてるんだね。平田がそんな男か、そんな男でないか、五六年兄弟同様にしている私より、お前さんの方がよく知ッてるはずだ。私がまさかお前さんを欺す……」と、西宮がなお説き進もうとするのを、吉里は慌《あわ》てて遮《さえぎ》ッた。

「あら、そうじゃアありませんよ。兄さんには済みません。勘忍して下さいよ。だッて、平田さんがあんまり平気だから……」

「なに平気なものか。平生あんなに快闊《かいかつ》な男が、ろくに口も利《き》き得ないで、お前さんの顔色ばかり見ていて、ここにも居得《いえ》ないくらいだ」

「本統にそうなのなら、兄さんに心配させないで、直接《じか》に私によく話してくれるがいいじゃアありませんか」

「いや、話したろう。幾たびも話したはずだ。お前さんが相手にしないんじゃないか。話そうとすると、何を言うんですと言ッて腹を立つッて、平田は弱りきッていたんだ」

「だッて、私ゃ否《いや》ですもの」と、吉里は自分ながらおかしくなったらしくにっこりした。

「それ御覧。それだもの。平田が談話《はな》すことが出来るものか。お前さんの性質《きしょう》も、私はよく知ッている。それだから、お前さんが得心した上で、平田を故郷《くに》へ出発《たた》せたいと、こうして平田を引ッ張ッて来るくらいだ。不実に考えりゃア、無断《だんまり》で不意と出発《たっ》て行くかも知れない。私はともかく、平田はそんな不実な男じゃない、実に止むを得ないのだ。もう承知しておくれだッたのだから、くどく言うこともないのだが……。お前さんの性質《きしょう》だと……もうわかッてるんだから安心だが……。吉里さん、本統に頼むよ」

吉里はまた泣き出した。その声は室外《そと》へ漏れるほどだ。西宮も慰めかねていた。

「へい、お誂《あつら》え」と、仲*どんが次の間へ何か置いて行ッたようである。

また障子を開けた者がある。次の間から上の間を覗いて、「おや、座敷の花魁はまだあちらでございますか」と、声をかけたのは、十六七の眼の大きい可愛らしい女で、これは小万の新造《しんぞ》のお梅である。

「平田さんもまだおいでなさらないんですね」と、お梅は仲どんが置いて行ッた台の物を上の間へ運び、「お飯《まんま》になすッちゃアいかがでございます。皆さんをお呼び申しましょうか」

「まアいいや。平田は吉里さんの座敷にいるかい」

「はい。お一人でお臥《よ》ッていらッしゃいましたよ。お淋《さみ》しいだろうと思ッて私が参りますとね、あちらへ行ッてろとおッしゃッて、何だか考えていらッしゃるようですよ」

「うまく言ッてるぜ。淋しかろうと思ッてじゃアなかろう、平田を口説《くど》いて鉢を喰《く》ッたんだろう。はははは。いい気味だ。おれの言う言《こと》を、聞かなかッた罰《ばち》だぜ」

「あら、あんなことを。覚えていらッしゃいよ」

「本統だから、顔を真赤にしたな。はははは」

＊仲どん　中の番頭。家の中の雑用をする番頭。二階廻し。

「あら、いつ顔なんか真赤にしました。そんなことをお言いなさると、こうですよ」

「いや、御免だ。擽《くす》ぐるのは御免だ。降参、降参」

「もう言いませんか」

「もう言わない、言わない。仲直りにお茶を一杯《ひとつ》。湯が沸いてるなら、濃くして頼むよ」

「いやなことだ」と、お梅は次の間で茶を入れ、湯呑みを盆に載せて持って来て、

「憎らしいけれども、はい」

「いや、ありがたいな。これで平田を口説いたのと差引きにしてやろう」

「まだあんなことを」

「おッと危《あぶ》ない。溢《こぼ》れる、溢れる」

「こんな時でなくッちゃア、敵《かたき》が取れないわ。ねえ、花魁」

吉里は淋しそうに笑ッて、何とも言わないでいる。

「今擽られてたまるものか。降参、降参、本統に降参だ」

「きっとですか」

「きっとだ、きっとだ」

「いい気味だ。謝罪《あやまら》せてやッた」

「はははは。お梅どんに擽られてたまるもんか。男を擽ぐる急所を心得てるんだからね」

「何とでもおっしゃい。どうせあなたには勝《かな》いませんよ」と、お梅は立ち上りながら、「御膳《ごぜん》はお後で、皆さんと御一しょですね。もすこししてからまた参ります」と、次の間へ行ッた。

誰が覗いていたのか、障子をぴしゃりと外から閉《た》てた者がある。

「あら、誰か覗いてたよ」と、お梅が急いで障子を開けると、ぱたぱたぱたぱたと廊下を走る草履の音が聞えた。

「まア」と、お梅の声は呆《あき》れていた。

四

「どうしたんだ」と、西宮は事ありそうに入ッて来たお梅を見上げた。

「善さんですよ。善さんが覗いていなすッたんですよ」と、お梅は眼を丸くして、今顔を上げた吉里を見た。

「おえない*奸漢《じんすけ》だよ」と、吉里は腹立たしげに見えた。

「さっきからね、花魁のお座敷を幾たびも覗いていなさるんですよ。平田さんが怒んなさりゃしまいかと思ッて、本統に心配しましたよ」

「あんまりそんな真似をすると、謝絶《ことわ》ッてやるからいい。ああ、自由《まま》にならないもんだことねえ」と、吉里は西宮をつくづく視《み》て、うつむいて溜息を吐《つ》く。

「座敷の花魁は遅うございますことね。ちょいと見て参りますよ」と、お梅は次の間で鉄瓶に水を加《さ》す音をさせて出て行ッた。

「西宮さん」と、吉里は声に力を入れて、「私ゃどうしたらいいでしょうね。本統に辛いの。私の身にもなッて察して下さいよ」

「実に察しる」と、西宮はしばらく考え、「実に察しているのだ。お前さんに無理に頼んだ私の心の中も察してもらいたい。なかなか私に言えそうもなかッたから、最初《はじめ》は小万に頼んで話してもらうつもりだッたのさ。小万もそんなことは話せないて言うから、しかたなしに私が話したようなわけだからね、お前さんが承知してくれただけ、私ゃなお察しているんだよ。三十面を下げて、馬鹿を尽してるくらいだから、他《ひと》には笑われるだけ人情はまア知ッてるつもりだ。どうか、平田のためだと思ッて、我慢して、ねえ吉里さん、どうか頼むよ」

「しかたがありませんよ、ねえ兄さん」と、吉里はついに諦めたかのごとく言い放しながらなお考えている。

「こういうはかない縁なんでしょうよ、ねえ。考えると、小万さんは羨《うらや》ましい」と、

「私もこんな苦しい思いをしたことはない」

吉里はしみじみ言ッた。

「いや、私も来ないつもりだ」と、西宮ははッきり言い放ッた。

「えッ」と、吉里はびッくりして、「え。なぜ。どうなすッたの」と、西宮の顔を見つめて呆れている。

「いや、なぜということもない。辛いのは誰しも同一《おんなじ》だ。お前さんと平田の苦衷《こころ》を察しると、私一人どうして来られるものか」

「なぜそんなことをお言《い》なさるの。私ゃそんなつもりで」

＊妬漢　ねたみ深い男、やきもち焼き。

「そりゃわかッてる。それで来る来ないと言うわけじゃない。実に忍びないからだ」

「いや、いや、私ゃ否《いや》ですよ。私が小万さんに済みません。平田さんには別れなければならないし、兄さんでも来て下さらなきゃ、私ゃどうします。私が悪るかッたら謝罪《あやま》るから、兄さん今まで通り来て下さいよ。私を可哀そうだと思ッて来て下さいよ。え、よござんすか。え、え」と、吉里は詫《わ》びるように頼むように幾たびとなく繰り返す。

西宮はうつむいて眼を閉《ねむ》ッて、じッと考えている。

吉里はその顔を覗き込んで、「よござんすか。ねえ兄さん、よござんすか。私ゃ兄さんでも来て下さらなきゃア……」と、また泣き声になッて、「え、よござんすか」

西宮は閉目《ねむっ》てうつむいている。

「よござんすね、よござんすね。本統、本統」と、吉里は幾たびとなく念を押して西宮をうなずかせ、はアッと深く息を吐《つ》いて涙を拭きながら、「兄さんでも来て下さらなきゃア、私ゃ生きちゃアいませんよ」

「よろしい、よろしい」と、西宮はうなずきながら、「平田の方は断念《おもいき》ッてくれるね。私もお前さんのことについちゃア、後来《このち》何とでもしようから」

「しかたがありません、断念《おもいき》らないわけには行かないのだから。もう、音信《たより》も出来ないんですね」

「さア。そう思ッていてもらわなければ……」と、西宮も判然《はき》とは答えかねた。

吉里はしばらく考え、「あんまり未練らしいけれどもね、後生ですから、明日《あした》にも、も一遍連れて来て下さいよ」と、顔を赧《あか》くしながら西宮を見る。

「もう一遍」

「ええ。故郷《おくに》へ発程《たつ》までに、もう一遍御一緒に来て下さいよ、後生ですから」

「もう一遍」と、西宮は繰り返し、「もう、そんな間《ひま》はないんだよ」

「えッ。いつ故郷《おくに》へ立発《たつ》んですッて」と、吉里は膝を進めて西宮を見つめた。

「新橋の、明日の夜汽車で」と、西宮は言いにくそうである。

「えッ、明日の……」と、吉里の顔色は変ッた。西宮を見つめていた眼の色がおかしくなると、歯をぎりぎりと噛《か》んだ。西宮がびッくりして声をかけようとした時、吉里はううんと反《そ》ッて西宮へ倒れかかッた。

折よく入ッて来た小万は、吉里の様子にびっくりして、「えッ、どうおしなの」

「どうしたどころじゃアない。早くどうかしてくれ。どうも非常な力だ」

「しッかりおしよ。吉里さんしッかりおしよ。反ッちゃアいけないのに、あらそんなに反ッちゃア」

「平田はどうした。平田は、平田は」

「平田さんですか」

いつかお梅も此室《ここ》に来て、驚いて手も出ないで、ぼんやり突ッ立ッていた。

「お梅どんそこにいたのかい。何をぼんやりしてるんだよ。平田さんを早く呼んでおいで。気が利かないじゃアないか。早くおし。大急ぎだよ。反ッちゃアいけないと言うのにねえ。しッかりおしよ。吉里さん。吉里さん」

お梅はにわかにあわて出し、唐紙へ衝《つ》き当り障子を倒し、素足で廊下を駈《か》け出した。

五

平田は臥床《とこ》の上に立ッて帯を締めかけている。その帯の端に吉里は膝を投げかけ、平田の羽織を顔へ当てて伏し沈んでいる。平田は上を仰《む》き眼《ねむ》を合り、後眥《めじり》からは涙が頬へ線《すじ》を画《ひ》き、下唇《したくちびる》は嚙まれ、上唇は戦《ふる》えて、帯を引くだけの勇気もないのである。

二人の定紋を比翼につけた枕《まくら》は意気地なく倒れている。燈心が焚《も》え込んで、あるかなしかの行燈《あんどう》の火光《ひかり》は、「春如海《はるうみのごとし》」と書いた額に映ッて、字形を夢のようにしている。帰期《かえり》を報《し》らせに来た新造《しんぞ》のお梅は、次の間の長火鉢に手を翳《かざ》し頬を焙《あぶ》り、上の間へ耳を聳《そばだ》てている。

「もう何時になるんかね」と、平田は気のないような調子で、次の間のお梅に声をかけた。

「もすこし前五時を報《う》ちましたよ」

「え、五時過ぎ。遅くなッた、遅くなッた」と、平田は思いきッて帯を締めようとしたが、吉里が動かないのでその効《かい》がなかッた。

「あッちじゃアもう支度をしてるのかい」

「はい。西宮さんはちッともお臥《よ》らないで、こなたの……」と、言い過ぎようとして気がついたらしく、お梅は言葉を切ッた。

「そうか。気の毒だッたなア。さア行こう」

吉里はなお帯を放さぬ。

「まアいいよ。そんなに急がんでもいいよ」と、声をかけながら、障子を開けたのは西宮だ。

「おやッ、西宮さん」と、お梅は見返ッた。

「起きてるのかい」と、西宮はわざと手荒く唐紙を開け、無遠慮に屏風《びょうぶ》の中を覗くと、平田は帯を締め了《おわ》ろうとするところで、吉里は後から羽織を掛け、その手を男の肩から放しにくそうに見えた。

「失敬した、失敬した。さア出かけよう」

「まアいいさ」

「そうでない、そうでない」と、平田は忙がしそうに体を揺すぶりながら室《へや》を出かけた。

「ああ、ちょいと、あの……」と、吉里の声は戦《ふる》えた。

「おい、平田。何か忘れた物があるんじゃアないか」

「なにない。何にもない」

「君はなかろうが……。おい、おい、何をそんなに急ぐのだ」

「何をッて」

西宮は平田の腕を取ッて、「まア何でもいい。用があるから……。まア、少し落ちついて行くさ」と、再び室の中に押し込んで、自分はお梅とともに廊下の欄干《てすり》にもたれて、中庭を見下している。

研《と》ぎ出したような月は中庭の赤松の梢《こずえ》を屋根から廊下へ投げている。築山《つきやま》の上り口の鳥居の上にも、山の上の小さな弁天の社《やしろ》の屋根にも、霜が白く見える。風はそよとも吹かぬが、しみるような寒気《さむさ》が足の爪先《つまさき》から全身を凍らするようで、覚えず胴戦《どうぶる》いが出るほどだ。

中庭を隔てた対向《むこう》の三ツ目の室には、まだ次の間で酒を飲んでいるのか、障子に男《なん》女二個《にょふたつ》の影法師が映ッて、聞き取れないほどの話し声も聞える。

「なかなか冷えるね」と、西宮は小声に言いながら後向きになり、背《せなか》を欄干《てすり》にもたせ変えた時、*二上《にあが》り新内を唄《うた》うのが対面《むこう》の座敷から聞えた。

「わるどめせずとも、そこ放せ、明日の月日の、ないように、止めるそなたの、心より、かえるこの身は、どんなにどんなに、つらかろう――」

「あれは東雲《しののめ》さんの座敷だろう。さびのある美音《いいこえ》だ。どこから来る人なんだ」と、西

*二上り新内　新内節に似せた俗曲。本調子より、三味線の第二絃を二調子上げる。

宮がお梅に問《たず》ねた時、廊下を急ぎ足に——吉里の室の前はわけて走るようにして通ッた男がある。

お梅はちょいと西宮の袖を引き、「善さんでしたよ」と、かの男を見送りながら細語《ささや》いた。

「え、善さん」と、西宮も見送りながら、「ふうむ」

三ツばかり先の名代《*みょうだい》部屋で唾壺《はいふき》の音をさせたかと思うと、びッくりするような大きな欠伸《あくび》をした。

途端に吉里が先に立ッて平田も後から出て来た。

「お待遠さま。兄さん、済みません」と、吉里の声は存外沈着《おちつ》いていた。

平田は驚くほど蒼白《あおざめ》た顔をして、「遅くなッた、遅くなッた」と、独語《ひとりごと》のように言ッて、忙がしそうに歩き出した。足には上草履を忘れていた。

「平田さん、お草履を召していらッしゃい」と、お梅は戻《もど》ッて上草履を持ッて、見返りもせぬ平田を追ッかけて行く。

「兄さん」と、吉里は背後《うしろ》から西宮の肩を抱《いだ》いて、「兄さんは来て下さるでしょうね。きッとですよ、きッとですよ」

西宮は肩へ掛けられた吉里の手をしかと握ッたが、妙に胸が迫ッて返辞がされないで、ただうなずいたばかりだ。

「平田さん、お待ちなさいよ。平田さん」

お梅が幾たび声をかけても、平田はなお見返らないで、廊下の突当りの角を表梯《おもてばし》子《ご》の方へ曲ろうとした時、「どこへおいでなさるの。コッちですよ」と、声をかけたのは小万だ。

「え、何だ。や、小万さんか。失敬」と、平田は小万の顔を珍らしそうにみつめた。

「どうなすッたの。ほほほほほ」

「お草履をおはきなさいよ」と、お梅は上草履を平田の前に置いた。

「あ、そうか」と、平田が上草履をはくところへ西宮も吉里も追いついた。

「あんまり何だから、どうなすッたかと思ッて……。平田さん、私の座敷へいらッしゃいよ。ゆッくりお茶でも召し上ッて。ねえ、吉里さん」

＊名代部屋　花魁が接客中の時、後来の客にあてがわれる控え部屋。名代女郎がつなぎの役をする。

「ありがとう。いや、もう行こう。ねえ、西宮」

「そんなことをおッしゃらないで。何ですよ、まアいいじゃアありませんか」

西宮はじッと小万の顔を見た。吉里は西宮の後にうつむいている。平田は廊下の洋燈《ランプ》を意味もなく見上げている。

「もうこのまま出かけよう。夜が明けても困る」と、西宮は小万にめくばせして、「お梅どん、帽子と外套《がいとう》を持ッて来るんだ。平田のもだよ。人車《くるま》は来てるだろうな」

「もうさッきから待ッてますよ」

お梅は二客《ふたり》の外套帽子を取りに小万の部屋へ走ッて行った。

「平田さん」と、小万は平田の傍へ寄り、「本統にお名残り惜しゅうござんすことね。いつまたお目にかかれるでしょうねえ。御道中をお気をおつけなさいよ。貴郷《おくに》にお着きなすッたら、ちょいと知らせて下さいよ。ね、よござんすか。こんなことになろうとはね」

「何だ。何を言ッてるんだ。一言言やア済むじゃアないか」

西宮に叱られて、小万は顔を背向《そむ》けながら口をつぐんだ。

「小万さん、いろいろお世話になッたッけねえ」と、平田は言いかけてしばらく無言。

「どうか頼むよ」その声には力があり過ぎるほどだが、その上は言い得なかった。

小万も何とも言い得ないで、西宮の後にうつむいている吉里を見ると、胸がわくわくして来て、涙を溢《こぼ》さずにはいられなかッた。

お梅が帽子と外套を持ッて来た時、階下《した》から上ッて来た不寝番《ねずばん》の仲どんが、催促がましく人車《くるま》の久しく待ッていることを告げた。

平田を先に一同梯子を下りた。吉里は一番後れて、階段《ふみだん》を踏むのも危険《あぶな》いほど力なさそうに見えた。

「吉里さん、吉里さん」と、小万が呼び立てた時は、平田も西宮ももう土間に下りていた。吉里は足が縮《すく》んだようで、上《あが》り框《がまち》までは行かれなかッた。

「吉里さん、ちょいと、ちょいと」と、西宮も声をかけた。

吉里は一語《ひとこと》も吐《だ》さないで、真蒼《まッさお》な顔をしてじッと平田を見つめている。平田もじッと吉里を見ていたが、堪えられなくなッて横を向いた時、仲どんが耳門《くぐり》を開ける音がけたたましく聞えた。平田は足早に家外《おもて》へ出た。

「平田さん、御機嫌《ごきげん》よろしゅう」と、小万とお梅とは口を揃《そろ》えて声をかけた。

西宮はまた今夜にも来て様子を知らせるからと、吉里へ言葉を残して耳門《くぐり》を出た。

「おい、気をつけてもらおうよ。御祝儀を戴いてるんだぜ。さようなら、御機嫌よろしゅう。どうかまたお近い内に」

車声《くるま》は走り初めた。耳門はがらがらと閉められた。

この時まで枯木《こぼく》のごとく立ッていた吉里は、小万に顔を見合わせて涙をはらはらと零《おと》し、小万が呼びかけた声も耳に入らぬのか、小走りの草履の音をばたばたとさせて、裏梯子から二階の自分の室へ駈け込み、まだ温気《あたたかみ》のある布団《ふとん》の上に泣き倒れた。

六

万客《ばんきゃく》の垢《あか》を宿《とど》めて、夏でさえ冷やつく名代部屋の夜具の中は、冬の夜の深《ふ》けては氷の上に臥《ね》るより耐えられぬかも知れぬ。新造《しんぞ》の注意か、枕もとには箱火鉢に湯沸しが掛かッて、その傍には一本の徳利と下物《さかな》の尽きた小皿とを載せた盆がある。裾の方は屏風《びょうぶ》で囲われ、頭《かみ》の方の障子の破隙《やぶれ》から吹き込む夜風は、油の尽きかかッた行燈の火を煽《あお》ッている。

「おお、寒い寒い」と、声も戦《ふる》いながら入ッて来て、夜具の中へ潜《もぐ》り込み、抱巻《かいまき》の袖に手を通し火鉢を引き寄せて両手を翳《かざ》したのは、富沢町の古着屋美濃屋《みのや》善吉と呼ぶ吉里の客である。

年は四十ばかりで、軽《かろ》からぬ痘痕《いも》があッて、口つき鼻つきは尋常であるが、左の眼蓋《まぶた》に眼張《めっぱ》のような疵《きず》があり、見たところの下品《やすい》小柄の男である。

善吉が吉里のもとに通い初めたのは一年ばかり前、ちょうど平田が来初めたころのことである。吉里はとかく善吉を冷遇し、終宵《いちゃ》まったく顔を見せない時が多かッたくらいだッた。それにも構わず善吉は毎晩のように通い詰め通い透《とお》して、この十月ごろから別して足が繁くなり、今月になッてからは毎晩来ていたのである。死金ばかりは使わず、きれるところにはきれもするので、新造や店の者にはいつも笑顔で迎えられていたのであった。

「寒いッたッて、篦棒《べらぼう》に寒い晩だ。酒は醒《さ》めてしまッたし、これじゃアしようがない。もうなかッたかしら」と、徳利を振ッて見て、「だめだ、だめだ」と、煙管《きせる》を取り上げて二三吹《ぷく》続けさまに煙草を喫《の》んだ。

「今あすこに立ッていたなア、小万の情夫《いいひと》になッてる西宮だ。一しょにいたのはお梅のようだッた。お熊が言ッた通り、平田も今夜はもう去《かえ》るんだと見えるな。座敷が明いたら入れてくれるか知らん。いい、そんなことはどうでもいい。座敷なんかどうでもいいんだ。ちょいとでも一しょに寝て、今夜ッきり来ないことを一言断りゃいいんだ。もう今夜ッきりきッと来ない。来ようと思ッたッて来られないのだ。まだ去《かえ》らないのかなア。もう帰りそうなものだ。大分手間が取れるようだ。本統に帰るのか知らん。去《かえ》らなきゃ去らないでもいい。情夫《いいひと》だとか何だとか言ッて騒いでやアがるんだから、どうせ去《かえ》りゃしまいよ。去らなきゃそれでいいから、顔だけでもいいから、ちょいとでもいいから……。今夜ッきりだ。もう来られないのだ。明日はどうなるんだか、まア分ッてるようでも……。自分ながら分らないんだ。ああ……」

方角も吉里の室、距離《とおさ》もそのくらいのところに上草履の音が発《おこ》ッて、「平田さん、お待ちなさいよ」と、お梅の声で呼びかけて追いかける様子である。その後から二三人の足音が同じ方角へ歩み出した。

「や、去《かえ》るな。いよいよ去るな」と、善吉は撥《は》ね起きて障子を開けようとして、「またお梅にでもめッけられちゃア外見《きまり》が悪いな」と、障子の破隙《やぶれ》からしばらく覗いて、にッこりしながらまた夜具の中に潜り込んだ。

上草履の音はしばらくすると聞えなくなッた。善吉は耳を澄ました。

「やッぱり去《かえ》らないんだと見えらア。去らなきゃア吉里が来ちゃアくれまい。ああ」

と、善吉は火鉢に翳していた両手の間に頭を埋めた。

しばらくして頭を上げて右の手で煙管を探ッたが、あえて煙草を喫《の》もうでもなく、顔の色は沈み、眉は皺《ひそ》み、深く物を思う体《てい》である。

「ああッ、お千代に済まないなア。何と思ッてるだろう。横浜に行ッてることと思ッてるだろうなア。すき好んで名代部屋に戦《ふる》えてるたア知らなかろう。さぞ恨んでるだろうなア。店も失《な》くした、お千代も生家《さと》へ返してしまッた——可哀そうにお千代は生家へ返してしまッたんだ。おれはひどい奴だ——ひどい奴なんだ。ああ、おれは意気地がない」

上草履はまたはるかに聞え出した。梯子《はしご》を下りる音も聞えた。善吉が耳を澄ましていると、耳門《くぐり》を開ける音がして、続いて人車《くるま》の走るのも聞えた。

「ははは、去《かえ》ッた、去ッた、いよいよ去ッた。これから吉里が来るんだ。おれのほかに客はないのだし、きッとおれのところへ来るんだ。や、走り出したな。あの走ッてるのは吉里の草履の音だ。裏梯子を上ッて来る。さ、いよいよここへ来るんだ。きッとそうだ。きッとそうだ。そらこッちに駈けて来た」

善吉は今にも吉里が障子を開けて、そこに顔を出すような気がして、火鉢に手を翳していることも出来ず、横にころりと倒《ころ》んで、屛風の端から一尺ばかり見える障子を眼を細くしながら見つめていた。

上草履は善吉が名代部屋の前を通り過ぎた。善吉はびッくりして起き上ッて急いで障子を開けて見ると、上草履の主ははたして吉里であッた。善吉は茫然《ぼうぜん》として見送ッていると、吉里は見返りもせずに自分の室へ入ッて、手荒く障子を閉めた。

善吉は何か言おうとしたが、唇を顫《ふる》わして息を呑んで、障子を閉めるのも忘れて、布団の上に倒れた。

「畜生、畜生、畜生めッ」と、しばらくしてこう叫んだ善吉は、涙一杯の眼で天井を見つめて、布団を二三度蹴《け》りに蹴った。

「おや、何をしていらッしゃるの」

いつの間に人が来たのか。人が何を言ッたのか。とにかく人の声がしたので、善吉はびッくりして起き上ッて、じッとその人を見た。

「おほほほほ。善さん、どうなすッたんですよ、まアそんな顔をなすッてさ。さアあちらへ参りましょう」

「お熊どんなのか。私しゃ今何か言ッてやアしなかッたかね」

「いいえ、何にも言ッてらッしゃりはしませんかッたよ。何だか変ですことね。どうかなすッたんですか」

「どうもしやアしない。なに、どうするものか」

「じゃア、あちらへ参りましょうよ」

「あちらへ」

「去《かえ》り跡になりましたから、花魁のお座敷へいらッしゃいよ」

「あ、そうかい。ははははは。そいつア剛気だ」

善吉はつと立ッて威勢よく廊下へ出た。

「まアお待ちなさいよ。何かお忘れ物はございませんか。お紙入れは」

善吉は返事もしない。お熊が枕もとを片づけるうちに、早や廊下を急ぐその足音が聞えた。

「まるで夢中だよ。私の言うことなんざ耳に入らないんだよ。何にも忘れなすッた物はないかしら。そら忘れて行ッたよ。あんなに言うのに紙入れを忘れて行ッたよ。煙草入れもだ。しようがないじゃアないか」

お熊は敷布団の下にあッた紙入れと煙草入れとを取り上げ、盆を片手に持ッて廊下へ出た。善吉はすでに廊下に見えず、かなたの吉里の室の障子が明け放してあった。

「早くお臥《やす》みなさいまし。お寒うございますよ」と、吉里の室に入ッて来たお熊は、次の間に立ッたまま上の間へ進みにくそうに見えた善吉へ言った。

上の間の唐紙は明放しにして、半ば押し除《の》けられた屏風の中には、吉里があちらを向いて寝ているのが見える、風を引きはせぬかと気遣《きづか》われるほど意気地のない布団の被《か》けざまをして。

行燈はすでに消えて、窓の障子はほのぼのと明るくなッている。千住《せんじゅ》の製絨所《せいじゅうしょ》か鐘《かね》が淵《ふち》紡績会社かの汽笛がはるかに聞えて、上野の明け六《む》つ時の鐘も撞《う》ち始めた。

「善さん、しッかりなさいよ、お紙入れなんかお忘れなすッて」と、お熊が笑いながら出した紙入れを、善吉は苦笑いをしながら胸もあらわな寝衣《ねまき》の懐裡《ふところ》へ押し込んだ。

「もう夜が……明るくなッてるんだね」

「ちッとお臥《よ》るがよござんすよ」

「なにあなた、まだ六時ですよ。八時ごろまでお臥ッて、一口召し上ッて、それからお帰んなさるがよござんすよ」

「そう」と、善吉はなお突ッ立ッている。

「花魁、花魁」と、お熊は吉里へ声をかけたが、返辞もしなければ身動きもせぬ。

「しようがないね。善さん、早くお臥《やす》みなさいまし。八時になッたらお起し申しますよ」

善吉がもすこしいてもらいたかッたお熊は室を出て行ッた。

室の障子を開けるのが方々に聞え、梯子を上り下りする草履の音も多くなッた。馴染みの客を送り出して、その噂《うわさ》をしているのもあれば、初会の客に別れを惜しがッて、またの逢夜《おうや》を約《ちぎ》ッているのもある。夜はいよいよ明け放れた。

善吉は一層気が忙《せわ》しくなッて、寝たくはあり、妙な心持はする、機会を失なッて、まじまじと吉里の寝姿を眺《なが》めていた。

朝の寒さはひとしおである。西向きの吉里が室の寒さは耐えられぬほどである。吉里は二ツ三ツ続けて嚔《くさめ》をした。

「風を引くよ」と、善吉はわれを覚えず吉里の枕もとに近づき、「こんなことをしてるんだもの、寒いはずだ。私が着せてあげよう。おい、吉里さん。吉里さん、風を引くよ」

吉里は袖を顔に当てて俯伏《つッぷ》し、眠《ね》てるのか眠てないのか、声をかけても返辞をせぬところを見ると、眠てるのであろうと思ッて、善吉はじッと見下した。

雪よりも白い領《えり》の美くしさ。ぽうッとしかも白粉《しろこ》を吹いたような耳朶《みみたぶ》の愛らしさ。匂うがごとき揉上《もみあ》げは充血《あか》くなッた頰に乱れかかッている。袖は涙に濡《ぬ》れて、白茶地に牛房縞《ごぼうじま》の裏柳葉色《うらやなぎはいろ》を曇らせている。島田髷《まげ》はまったく根が抜け、藤紫《ふじむらさき》のなまこの半掛けは脱《はず》れて、枕は不用《いらぬ》もののように突き出されていた。

善吉はややしばらく瞬《また》きもせず吉里を見つめた。

長鳴《ちょうめい》するがごとき上野の汽車の汽笛は鳴り始めた。

「お、汽車だ。もう汽車が出るんだな」と、善吉はなお吉里の寝顔を見つめながら言ッた。

「どうしようねえ。もう汽車が出るんだよ」と、泣き声は吉里の口から漏れて、つと立ち上ッて窓の障子を開けた。朝風は颯《さッ》と吹き込んで、びッくりしていた善吉は縮み上ッた。

七

忍《しのぶ》が岡《おか》と太郎稲荷《いなり》の森の梢には朝陽《あさひ》が際立ッて映《あた》ッている。入谷《いりや》はなお半分靄《もや》に包まれ、吉原田甫《たんぼ》は一面の霜である。空には一群一群の小鳥が輪を作ッて南の方へ飛んで行き、上野の森には烏《からす》が噪《さわ》ぎ始めた。大鷲《おおとり》神社の傍の田甫の白鷺《しらさぎ》が、一羽起《た》ち二羽起ち三羽立つと、明日の酉《とり》の市《まち》の売場に新らしく掛けた小屋から二三個《にん》の人が現われた。＊鉄漿溝《おはぐろどぶ》は泡《あわ》立ッたまま凍ッて、大音寺前の温泉の煙《けむ》は風に狂いながら流れている。

一声《いっせい》の汽笛が高く長く尻を引いて動き出した上野の一番汽車は、見る見るうちに岡の裾を繞《めぐ》ッて、根岸に入ッたかと思うと、天王寺の森にその煙も見えなくなッた。

窓の鉄棒を袖口を添えて両手に握り、夢現《ゆめうつつ》の界《さかい》に汽車を見送ッていた吉里は、すでに煙が見えなくなッても、なお瞬きもせずに見送ッていた。

「ああ、もう行ッてしまッた」と、呟《つぶ》やくように言ッた吉里の声は顫えた。

＊鉄漿溝　「里の今昔」注参照。

まだ温気《あたたかみ》を含まぬ朝風は頬に砭《はり》するばかりである。窓に顔を晒《さら》している吉里よりも、その後に立ッていた善吉は戦《ふる》え上ッて、今は耐えられなくなッた。

「風を引くよ、吉里さん。寒いじゃアないかね、閉めちゃアどうだね」と、善吉は歯の根も合わないで言ッた。

見返ッた吉里は始めて善吉を認めて、「おや、善さんでしたか」

「閉めたらいいだろう。吉里さん、風を引くよ。顔の色が真青だよ」

「あの汽車はどこへ行くんでしょうね」

「今の汽車かね。青森まで行かなきゃ、仙台で止るんだろう」

「仙台。神戸にはいつごろ着くんでしょう」

「神戸に。それは、新橋の汽車でなくッちゃア。まるで方角違いだ」

「そう。そうだ新橋だッたんだよ」と、吉里はうつむいて、「今晩の新橋の夜汽車だッたッけ」

吉里は次の間の長火鉢の傍に坐ッて、箪笥《たんす》にもたれて考え始めた。善吉は窓の障子を閉めて、吉里と火鉢を挾んで坐り、寒そうに懐手をしている。

洗い物をして来たお熊は、室の内に入りながら、「おや、もうお起きなすッたんですか。もすこしお臥《よ》ッてらッしゃればいいのに」と、持ッて来た茶碗《ちゃわん》小皿などを茶棚《ちゃだな》へしまいかけた。

「なにもう寝なくッても――こんなに明るくなッちゃア寝てもいられまい。何しろ寒くッて、これじゃアたまらないや。お熊どん、私の着物を出してもらおうじゃないか」

「まアいいじゃアありませんか。今朝はゆっくりなすッて、一口召し上ッてからお帰りなさいましな」

「そうさね。どうでもいいんだけれど、何しろ寒くッて」

「本統に馬鹿にお寒いじゃあありませんかね。何か上げましょうね。ちょいとこれでも被《はお》ッていらッしゃい」と、お熊は衣桁《いこう》に掛けてあッた吉里のお召縮緬《ちりめん》の座敷着を取ッて、善吉の後から掛けてやッた。

善吉はにっこりして左右の肩を見返り、「こいつぁア強気《ごうぎ》だ。これを借りてもいいのかい」

「善さんのことですもの。ねえ。花魁」

「へへへへへ。うまく言ッてるぜ」

「よくお似合いなさいますよ。ほほほほほ」

「ははははは。袖を通したら、おかしなものだろう」

「なに、あなた。袖をお通しなすッて立ッてごらんなさい、きッとよくお似合いなさいますよ。ねえ、花魁」

「まさか。はははははは」

「ほほほほほ」

吉里は一語《ひとこと》も発《い》わぬ。見向きもせぬ。やはり箪笥にもたれたまま考えている。

「そうしていらッしゃるうちに、お顔を洗ッていらッしゃいまし。その間《うち》にお掃除をして、じきにお酒にするようにしておきますよ。花魁、お連れ申して下さい。はい」

と、お熊は善吉の前に楊枝箱《ようじばこ》を出した。

善吉は吉原楊枝の房を挘《むし》ッては火鉢の火にくべている。

「お誂《あつら》えは何を通しましょうね。早朝《はやい》んですから、何も出来ゃアしませんよ。桶豆腐《おけどうふ》にでもしましょうかね。それに油卵《あぶたま》でも」

「何でもいいよ。湯豆腐は結構だね」

「それでよござんすね。じゃア、花魁お連れ申して下さい」

吉里は何も言わず、ついと立ッて廊下へ出た。善吉も座敷着を被《はお》ッたまま吉里の後《あと》から室を出た。

「花魁、お手拭は」と、お熊は吉里へ声をかけた。

吉里は返辞をしない。はや二三間あちらへ行ッていた。

「私におくれ」と、善吉は戻ッて手拭を受け取ッて吉里を見ると、もう裏梯子を下りようとしていたところである。善吉は足早に吉里の後を追うて、梯子の中段で追いついたが、吉里は見返りもしないで下湯場《しもゆば》の方へ屈《まが》ッた。善吉はしばらく待ッていたが、吉里が急に出て来る様子もないから、われ一人悄《しょう》然《ぜん》として顔を洗いに行ッた。

そこには客が二人顔を洗ッていた。敵娼《あいかた》はいずれもその傍に附き添い、水を杓《く》んでやる、掛けてやる、善吉の目には羨ましく見受けられた。

客の羽織の襟が折れぬのを理《なお》しながら善吉を見返ッたのは、善吉の連初会《つれじょかい》で二三度一座したことのある初緑《はつみどり》という花魁である。

「おや、善さん。昨夜《ゆうべ》もお一人。あんまりひどうござんすよ。一度くらいは連れて来て下すッたッていいじゃありませんか。本統にひどいよ」

「そういうわけじゃアないんだが、あの人は今こっちにいないもんだから」

「虚言《うそ》ばッかし。ようござんすよ。たんとお一人でおいでなさいよ」

「困るなアどうも」

「なに、よござんすよ。覚えておいでなさいよ。今日は昼間遊んでおいでなさるんでしょう」

「なに、そういうわけでもない」

「去《かえ》らないでおいでなさいよ、後で遊びに行きますから」

「東雲《しののめ》さんの吉《きッ》さんは今日も流連《なが》すんだッてね」と、今一人の名山《めいざん》という花魁が言いかけて、顔を洗ッている自分の客の書生風の男の肩を押え、「お前さんも去《かえ》らないで、夕方までおいでなさいよ」

「僕か。僕はいかん。なア君」

「そうじゃ。いずれまた今晩でも出直して来るんじゃ」

「よござんすよ、お前さんなんざアどうせ不実だから」

「何じゃ。不実じゃ」

「名山さん、金盥《かなだらい》が明いたら貸しておくれよ」と、今客を案内して来た小式部という花魁が言ッた。

「小式部さん、これを上げよう」と、初緑は金盥の一個《ひとつ》を小式部が方《かた》へ押しやり、一個《ひと》つに水を満々《なみなみ》と湛《たた》えて、「さア善さん、お用《つか》いなさい。もうお湯がちっともないから、水ですよ」

「いや、結構。ありがとう」

「今度おいでなさる時、きっとですよ」

善吉は漱《うがい》をしながらうなずく。初緑らの一群は声高に戯《たわぶ》れながら去《い》ッてしまッた。

「吉里さん、吉里さん」と、呼んだ声が聞えた。善吉は顔を水にしながら声のした方を見ると、裏梯子の下のところに、吉里が小万と話をしていた。善吉はしばらく見つめていた。善吉が顔を洗い了《おわ》ッた時、小万と吉里が二階の廊下を話しながら行くのが見えた。

八

桶には豆腐の煮える音がして盛んに湯気が発《た》ッている。能代《のしろ》の膳には、徳利《とっくり》が袴《はかま》をはいて、児戯《ままごと》みたいな香味《やくみ》の皿と、木皿に散蓮華《ちりれんげ》が添えて置いてあッて、猪口《ちょく》のるかのように見える。

黄金水《おうごんすい》には、桜花《さくら》の弁《はなびら》が二枚散ッた画と、端に吉里と仮名で書いたのが、浮いている。

膳と斜めに、ぼんやり箪笥にもたれている吉里に対《むか》い、うまくもない酒と太刀打ちをしているのは善吉である。吉里は時々伏目に善吉を見るばかりで、酌一つしてやらない。お熊は何か心願の筋があるとやらにて、二三の花魁の代参を兼ね、浅草の観世音へ朝参りに行ッてしまッた。善吉のてれ加減、わずかに溜息《ためいき》をつき得るのみである。

「吉里さん、いかがです。一杯《ひとつ》受けてもらいたいものですな。こうして飲んでいたッて――一人で飲むという奴は、どうも淋《さみ》しくッて、何だか飲んでるような気がしなくッていけないものだ。一杯《ひとつ》受けてもらいたいものですな。はははは。私なんざア流連《いつづけ》をする玉でないんだから、もうじきにお暇《いとま》とするんだが、花魁今朝だけは器用に快よく受けて下さいな。これがお別れなんだ。今日ッきりもうお前さんと酒を飲むこともないんだから、器用に受けて、お前さんに酌をしてもらやアいい。もう、それでいいんだ。他に何にも望みはないんだ。改めて献《あ》げるから、ねえ吉里さん、器用に受けて下さい」

善吉は注置《つぎお》きの猪口を飲み乾し、手酌でまた一杯飲み乾し、杯泉でよく洗ッて、

「さア献《あ》げるよ。今日ッきりなんだ。いいかね、器用に受けて下さい」

吉里は猪口を受けて一口飲んで、火鉢の端に置いて、じっと善吉を見つめた。

吉里は平田に再び会いがたいのを知りつつ別離《わかれ》たのは、死ぬよりも辛い——死んでも別離《わかれ》る気はなかッたのである。けれども、西宮が実情《まこと》ある言葉、平田が四苦八苦の胸の中、その情に迫られてしかたなしに承知はした。承知はしたけれども、心は平田とともに平田の故郷《くに》に行くつもりなのである——行ッたつもりなのである。けれども、別離《わかれ》て見れば、一しょに行ッたはずの心にすぐその人が恋しく懐愛《なつか》しくなる。も一度逢うことは出来まいか。あの人車《くるま》を引っ返させたい。逢ッて、も一度別離《わかれ》を告げたい。まだ言い残したこともあッた。聞き残したこともあッた。もうどうしても逢われないのか。今夜の出発が延ばされないものか。延びるような気がする。も一度逢いに来てくれるような気がする。きッと逢いに来る。いえ、逢いには来まい。今夜ぜひ夜汽車で出発《たッてゆ》く人が来そうなことがない。きッと来まい。汽車が出なければいい。出ないかも知れぬ。出ないような気がする。きッと出ない。私の念《おも》いばかりでもきッと出さない。それでも意地悪く出たらどうしよう。どうしても逢えないのか。逢えなけりゃどうしたらいいだろう。平田さんに別れるくらいなら——死んでも別れないんだ。平田さんと別れちゃ生きてる甲斐がない。死んでも平田さんと夫婦《いっしょ》にならないじゃおかない。自由にならない身の上だし、自由に行かれない身の上だし、心ばかりは平田さんの傍を放れない。一しょにいるつもりだ。一しょに行くつもりだ。一しょに行ッてるんだ。どんなことがあッても平田さんの傍は放れない。平田さんと別れて、どうしてこうしていられるものか。体は吉原にいても、心は岡山の平田さんの傍にいるんだ。と、同じような考えが胸に往来して、いつまでも果てしがない。その考えは平田の傍に行ッているはずの心がしているので、今朝送り出した真際《まぎわ》は一時に迫って、妄想《もうぞう》の転変が至極迅速《すみやか》であッたが、落ちつくにつれて、一事についての妄想が長くかつ深くなッて来た。

思案に沈んでいると、いろいろなことが現在になッて見える。自分の様子、自分の姿、自分の妄想がことごとく現在となッて、自分の心に見える。今朝の別離《わかれ》の辛さに、平田の帯を押えて伏し沈んでいたのも見える。わる止めせずともと東雲《しののめ》の室《へや》で二上り新内を唄《うた》ッたのも、今耳に聞いているようである。店に送り出した時はまるで夢のようで、その時自分は何と思ッていたのか。あのこともあのことも、あれもこれも言いたかッたのに、何で自分は言うことが出来なかッたのか。いえ、言うことの出来なかったのが当然《あたりまえ》であッた。ああ、もうあの車を止めることは出来ぬか。悲しくてたまらなくなッて、駈け出して裏梯子を上ッて、座敷へ来て泣き倒れた自分の姿が意気地なさそうにも、道理《もっとも》らしくも見える。万一を希望していた通り、その日の夜になッたら平田が来て、故郷《くに》へ帰らなくともよいようになッたと、嬉しいことばかりを言う。それを聞く嬉しさ、身も浮くばかりに思う傍から、何奴《なにやつ》かがそれを打ち消す、平田はいよいよ出発したがと、信切な西宮がいつか自分と差向いになッて慰めてくれる。音信《たより》も出来ないはずの音信が来て、初めから終《しま》いまで自分を思ッてくれることが書いてあッて、必ずお前を迎えるようにするからと、いつもの平田の書振りそのままの文字が一字一字読み下されるように見えて来る。かと思うと、自分はいつか岡山へ行ッていて、思ッたよりも市中が繁華で、平田の家も門構えの立派な家で、自分のかねて思ッていたような間取りで、庭もあれば二階もあり蔵もある。家君《おとッ》さんは平田に似て、それで柔和で、どこか気抜けがしているようにも見え、自分を見てどこから来たかと言いたそうな顔をしていて、平田から仔細《しさい》を聞いて、急に喜び出して大層自分を可愛がッてくれる。弟《おとと》も妹《いもと》も平田から聞いていた年ごろで、顔つき格向《かっこう》もかねて想像していた通りで、二人ともいかにも可愛らしい。妹の方が少し意地悪ではないかと思ッていてくれて、東京風に髪を結ッてくれろなどと言うところは、またなかなか愛くるしくも思われる。かねて平田に写真を見せてもらッて、その顔を知ッている死去《なくな》ッたお母《っか》さんも時々顔を出す。これがまた優しくしてくれて、お母さんがいたなら、お前を故郷《くに》へ連れて行くと、どんなに可愛がって下さるだろうと、平田の寝物語に聞いていた通り可愛がッてくれるかと思うと、平田の許嫁《いいなずけ》の娘というのが働いていて、その顔はかねて仲の悪い楼内《うち》の花子という花魁そのままで、可愛らしいような憎らしいような、どうしても憎らしい女で、平田が故郷《くに》へ帰ッたのはこの娘と婚礼するためであッたことも知れて来た。やッぱりそうだッた、私しゃ欺《だま》されたのだと思うと、悲しい中にまた悲しくなッて涙が止らなくなッて来る。西宮さんがそんな虚言《うそ》を言う人ではないと思い返すと、小万と二人で自分をいろいろ慰めてくれて、小万と姉妹《きょうだい》の約束をして、小万が西宮の妻君になると自分もそこに同居して、平田が故郷《くに》の方の仕法《ほう》がついて出京したら、二夫婦揃ッて隣同士家を持ッて、いつまでも親類になッて、互いに力になり合おうと相談もしている。それも夢のように消えて、自分一人になると、自由《まま》にならぬ方の考えばかり起ッて来て、自分はどうしても此楼《ここ》に来年の四月まではいなければならぬか。平田さんに別れて、他に楽しみもなくッて、何で四月までこんな真似がしていられるものか。他の花魁のように、すぐ後に頼りになる人が出来そうなことはなし、頼みにするのは西宮さんと小万さんばかりだ。その小万さんは実に羨ましい。これからいつも見せられてばかりいるのか。なぜ平田さんがあんなことになッたんだろう。も一度平田さんが来てくれるようには出来ないのか。これから毎日毎日いやな思いばかりするのかと思いながら、善吉が自分の前に酒を飲んでいる、その一挙一動がことごとく眼に見えていて、これがその人であッたならと、覚えず溜息も吐《つ》かれるのである。

吉里は悲しくもあり、情なくもあり、口惜《くや》しくもあり、はかなくも思うのである。詰まるところは、頼りないのが第一で、どうしても平田を忘れることが出来ないのだ。今日限りである、今朝が別れであると言ッた善吉の言葉は、吉里の心に妙にはかなく情なく感じて、何だか胸を圧《おさ》えられるようだ。

冷遇《ふッ》て冷遇て冷遇《ふッ》て冷遇抜《ふり》いている客がすぐ前の楼《うち》へ登《あが》ッても、他の花魁に見立て替えをされても、冷遇《ふッ》ていれば結局《けッく》喜ぶべきであるのに、外聞の意地ばかりでなく、真《しん》心《しん》*修羅《しゅら》を焚《もや》すのは遊女の常情《つね》である。吉里も善吉を冷遇《ふッ》てはいた。しかし、憎むべきところのない男である。善吉が吉里を慕う情の深かッただけ、平田という男のあッたためにうるさかッたのである。金に動く新造《しんぞ》のお熊が、善吉のために多少吉里の意に逆らッたのは、吉里をして心よりもなお強く善吉を冷遇《ふら》しめたのである。何だか知らぬけれども、いやでならなかッたのである。別離《わかれ》ということについて、吉里が深く人生の無常を感じた今、善吉の口からその言葉の繰り返されたのは、妙に胸を刺されるような心持がした。

吉里は善吉の盃を受け、しばらく考えていたが、やがて快く飲み乾し、「善さん、御返杯ですよ」と、善吉へ猪口を与え、「お酌をさせていただきましょうね」と、箪笥を放れて酌をした。

善吉は眼を丸くし、吉里を見つめたまま言葉も出でず、猪口を持つ手が戦《ふる》え出した。

九

「善さん、も一つ頂戴しようじゃアありませんか」と、吉里はわざとながらにッこり笑ッた。

善吉はしばらく言うところを知らなかッた。

「吉里さん、献《あ》げるよ、献げるよ、私しゃこれでもうたくさんだ。もう思い残すこともないんだ」と、善吉は猪口を出す手が戦《ふる》えて、眼を含涙《うるま》している。

「どうなすッたんですよ。今日ッきりだとか、今日が別れだとか、そんないやなことをお言いなさらないで、末長く来て下さいよ。ね、善さん」

「え、何を言ッてるんだね。吉里さん、お前さん本気で……。はははは。串戯《じょうだん》を言ッて、私をからかッたッて……」

「ほほほほ」と、吉里も淋《さみ》しく笑い、「今日ッきりだなんぞッて、そんなことをお言いなさらないで、これまで通り来ておくんなさいよ」

善吉は深く息を吐《つ》いて、涙をはらはらと零《こぼ》した。吉里はじッと善吉を見つめた。

「私しゃ今日ッきり来られないんだ。吉里さん、実に今日がお別れなんです」と、善吉は猪口を一息に飲み乾し、じッとうつむいて下唇を噛んだ。

「そんなことをお言いなさッて、本統なんですか。どッか遠方《とおく》へでもおいでなさるん

＊修羅を焚す　修羅は阿修羅で、嫉妬・猜疑に燃える鬼神。

ですか」

「なアに、遠方《とおく》へ行くんだか、どこへ行くんだか、私にも分らないんですがね……」

と、またじッと考えている。

「何ですよ。なぜそんな心細いことをお言いなさるんですよ」と、吉里の声もやや沈んで来た。

「心細いと言やア吉里さん」と、善吉は鼻を啜《すす》ッて、「私しゃもう東京にもいられなければ、どこにもいられなくなッたんです。私も美濃屋善吉――富沢町で美濃善と言ッちゃア、ちッたア人にも知られた店ももッていたんだが……。お熊どんは二三度来てくれたこともあッたから知ッていよう、三四人の奉公人も使ッていたんだが、わずか一年過《た》つか過たない内に――花魁のところに来初めてからちょうど一年ぐらいになるだろうね――店は失《な》くなすし、家は他人《ひと》の物になッてしまうし、ははは、私しゃ宿なしになッちまッたんだ」

「えッ」と、吉里はびッくりしたが、「ほほほほ、戯言《じょうだん》お言いなさんな。そんなことがあるもんですか」

「戯言だ。私も戯言にしたいんだ」

善吉の様子に戯言らしいところはなく、眼には涙を一杯もッて、膝をつかんだ拳《こぶし》は顫えている。

「善さん、本統なんですか」

「私が意気地なしだから……」と、善吉はその上を言い得ないで、頬が顫えて、上唇もなお顫えていた。

冷遇《ふり》ながら産を破らせ家をも失わしめたかと思うと、吉里は空恐ろしくなッて、全身《みうち》の血が冷え渡ッたようで、しかも動悸《どうき》のみ高くしている。

「お神さんはどうなすッたんです」と、ややあって問《たず》ねた吉里の声も顫えた。

「嚊《かかア》かね」と、善吉はしばらく黙して、「宿なしになッちあア、夫婦揃ッて乞食にもなれないから、生家《さと》へ返してしまッたんだがね……。はははははは」と、善吉は笑いながら涙を拭いた。

「まアお可哀そうに」と、吉里もうつむいて歎息《たんそく》する。

「だがね、吉里さん、私しゃもうこれでいいんだ。お前さんとこうして――今朝こうして酌をしてもらッて、快《い》い心持に酔ッて去《かえ》りゃ、もう未練は残らない。昨夜《ゆうべ》の様子じゃ、顔も見せちゃアもらえまいと思ッて、お前さんに目ッかッたら怒られたかも知れないが、よそながらでも、せめては顔だけでもと思ッて、小万さんの座敷も覗《のぞ》きに行ッた。平田さんとかいう人を送り出しにおいでの時も、私しゃ覗いていたんだ。もう今日ッきり来られないのだから、お前さんの優しい言葉の一語《ひとつ》も……。今朝こうしてお前さんと酒を飲むことが出来ようとは思わなかッたんだから……。吉里さん、私しゃ今朝のように嬉しいことはない。私しゃ花魁買いということを知ッたのは、お前さんとこが始めてなんだ。私しは他の楼《うち》の味は知らない。遊び納めもまたお前さんのとこなんだ。その間《うち》にはいろいろなことを考えたこともあッた、馬鹿なことを考えたこともあッた、いろいろなことを思ッたこともあッたが、もう今――明日はどうなるんだか自分の身の置場にも迷ッてる今になッて、今朝になッて……。吉里さん、私しゃ何とも言えない心持になッて来た」と、善吉は話すうちにたえず涙を拭いて、打ち出した心には何の見得もないらしかッた。

吉里は平田と善吉のことが、別々に考えられたり、混和《いりまじ》ッて考えられたりする。もう平田に会えないと考えると心細さはひとしおである。平田がよんどころない事情とは言いながら、何とか自分をしてくれる気があッたら、何とかしてくれることが出来たりしそうなものとも考える傍から、善吉の今の境界《きょうがい》が、いかにも哀れに気の毒にな身に染《し》む傍から、平田が恋しくて恋しくてたまらなくなッて来る。善吉も今日ッきり来ないものであると聞いては、これほど実情のある人を、何であんなに冷遇《わる》くしたろう、実に悪いことをしたと、大罪を犯したような気がする。善吉の女房の可哀そうなのが身につまされて、平田に捨てられた自分のはかなさもまたひとしおになッて来る。それで、たまらなく平田が恋しくなッて、善吉が気の毒になッて、心細くなッて、自分がはかなまれて沈んで行くように頭がしんとなって、耳には善吉の言葉が一々よく聞え、善吉の泣いているのもよく見え、たまらなく悲しくなッて来て、ついに泣き出さずにはいられなかッた。

　顔に袖を当てて泣く吉里を見ている善吉は夢現《ゆめうつつ》の界《さかい》もわからなくなり、茫然として涙はかえッて出なくなッた。

「善さん、勘忍して下さいよ。実に済みませんでした」と、吉里はようやく顔を上げて、涙の目に善吉を見つめた。

　善吉は吉里からこの語《ことば》を聞こうとは思いがけぬので、返辞もし得ないで、ただ見つめているのみである。

「それでね、善さん、お前さんどうなさるんですよ」と、吉里は気遣わしげに問《たず》ねた。

「どうッて。私しゃどうともまだ決心《きめ》ていないんです。横浜の親類へ行ッて世話になッて、どんなに身を落しても、も一度美濃善の暖簾《のれん》を揚げたいと思ッてるんだが、親類と言ッたッて、世話してくれるものか、くれないものか、それもわからないのだから、横浜《はま》へ進んで行く気もしないんで……」と、善吉はしばらく考え、「どうなるんだか、自分ながらわからないんだから……」と、青い顔をして、ぶるッと戦慄《ふるえ》て、吉里に酒を注いでもらい、続けて三杯まで飲んだ。

吉里はじッと考えている。

「吉里さん、頼みがあるんですが」と、善吉は懐裡《ふところ》の紙入れを火鉢の縁に置き、「お前さんに笑われるかも知れないが、私しゃね、何だか去《かえ》るのが否《いや》になッたから、今日は夕刻《ゆうかた》まで遊ばせておいて下さいな。紙入れに五円ばかり入ッている。それが私しの今の身性《しんしょう》残らずなんだ。昨夜《ゆうべ》の勘定を済まして、今日一日遊ばれるかしら。遊ばれるだけにして、どうか置いて下さい。一文も残らないでもいい。今晩どッかへ泊るのに、三十銭か四十銭も残れば結構だが……。何、残らないでもいい。ねえ、吉里さん、そうしといて下さいな」と、善吉は顔を少し赧《あか》めながらしかも思い入ッた体《てい》である。

「よござんすよ」と、吉里は軽《かろ》く受けて、「遊んでいて下さいよ。勘定なんか心配しないで、今晩も遊んでいて下さいよ。これはよござんすよ」と、善吉の紙入れを押し戻した。

「それはいけない。それはいけない。どうか預かッておいて下さい」

吉里はじッと善吉を見ている。その眼は物を言うかのごとく見えた。善吉は紙入れに手を掛けながら、自分でもわからないような気がしている。

「善さん、私しに委《まか》せておおきなさい、悪いようにゃしませんよ。よござんすからね、そのお金はお前さんの小遣いにしておおきなさい。多寡が私しなんぞのことですから、お前さんの相談相手にはなれますまいが、出来るだけのことはきッとしますよ。よござんすか。気を落さないようにして下さいよ。またお前さんの小遣いぐらいは、どうにでもなりますからね、気を落さないように、よござんすか」

善吉は何で吉里がこんなことを言ッてくれるのかわからぬ。わからぬながら嬉しくてたまらぬ。嬉しい中に危ぶまれるような気がして、虚情《うそ》か実情《まこと》か虚実の界《さかい》に迷いながら吉里の顔を見ると、どう見ても以前の吉里に見えぬ。眼の中に実情《まごころ》が見えるようで、どうしても虚情《うそ》とは思われぬ。小遣いにせよと言われたその紙入れを握ッている自分の手は、虚情《うそ》でない証拠をつかんでいるのだ。どうしてこんなことになッたのか。と、わからないながらに嬉しくてたまらず、いつか明日《あした》のわが身も忘れてしまッていた。

「善さん、私もね、本統に頼りがないんですから」と、吉里ははらはらと涙を零《こぼ》して、「これから頼りになッておくんなさいよ」と、善吉を見つめた時、平田のことがいろいろな方から電光のごとく心に閃《ひら》めいた。吉里は全身《みうち》がぶるッと顫えて、自分にもわからないような気がした。

善吉はただ夢の中をたどッている。ただ吉里の顔を見つめているのみであッたが、やがて涙は頰を流れて、それを拭く心もつかないでいた。

「吉里さん」と、廊下から声をかけたのは小万である。

「小万さん、まアお入りな」

「どなたかおいでなさるんじゃアないかね」と、小万は障子を開けて、「おや、善さん。お楽しみですね」

小万の言葉は吉里にも善吉にも意味あるらしく聞えた。それは迎えて意味あるものとして聞いたので、吉里は何も言いたくないような心持がした。善吉は言う術《すべ》を失ッて黙ッていた。

二人とも返辞をしないのを、小万も妙に感じたので、これも無言。三人とも何となくきまりが悪く、白《しら》け渡ッた。

「小万さん、小万さん」と、遠くから呼んだ者がある。

見ると向う廊下の東雲《しののめ》の室の障子が開いていて、中から手招ぎする者がある。それは東雲の客の吉《きッ》さんというので、小万も一座があッて、戯言《じょうだん》をも言い合うほどの知合いである。

「吉里さん、後刻《のち》に遊びにおいでよ」と、小万は言い捨てて障子をしめて、東雲の座敷へ急いで行ッてしまった。

その日の夜になッても善吉は帰らなかッた。

夜の十一時ごろに西宮が来た。吉里は小万の室へ行き、平田が今夜の八時三十分の汽車で出発《しゅッたつ》したことを聞いて、また西宮が持て余すほど泣いた。西宮が自分一人面白そうに遊んでもいられないと、止めるのを振り切ッて、一時ごろ帰ッた時まで傍にいて、愚痴の限りを尽した。

善吉は次の日も流連《いつづけ》をした。その次の日も去《かえ》らず、四日目の朝ようやく去《かえ》ッた。それは吉里が止めておいたので、平田が別離《わかれ》に残しておいた十円の金は、善吉のために残りなく費《つか》い尽し、その上一二枚の衣服《きもの》までお熊の目を忍んで典《あず》けたのであッた。

それから後、多くは吉里が呼んで、三日にあげず善吉は来ていた。十二月の十日ごろまでは来たが、その後は登楼《あがる》ことがなくなり、時々*毫碌頭巾《もうろくずきん》を冠《かぶ》ッて忍んで店まで逢いに来るようになッた。田甫《たんぼ》に向いている吉里の室の窓の下に、鉄漿溝《おはぐろどぶ》を隔てて善吉が立ッているのを見かけた者もあッた。

十

午時《ひる》過ぎて二三時、昨夜《ゆうべ》の垢《あか》を流浄《おとし》て、今夜の玉と磨《みが》くべき湯の時刻にもなッた。おのおの思い思いのめかし道具を持参して、早や流しには三五人の裸美人《らびじん》が陣取ッていた。

浮世風呂に浮世の垢を流し合うように、別世界は別世界相応の話柄《はなし》の種も尽きぬものか、朋輩《ほうばい》の悪評《わるくち》が手始めで、内所の後評《かげぐち》、廓《くるわ》内の評判、*検査場で見た他楼《よそ》の花魁の美醜《よしあし》、検査医の男振りまで評し尽して、後連《あとれん》とさし代われば、さし代ッたなりに同じ話柄《はなし》の種類の異《かわ》ッたのが、後からも後からも出て来て、未来永劫《えいごう》尽きる期がないらしく見えた。

「いよいよ明日が煤払《すすは》きだッてね。お正月と言ッたッて、もう十日ッきゃアないのに、どうしたらいいんだか、本統に困ッちまうよ」

「どうせ、もうしようがありゃアしないよ。頼まれるような客は来てくれないしさ、どうなるものかね。その時ゃその時で、どうかこうか追ッつけとくのさ」

「追ッつけられりゃ、誰だッて追ッつけたいのさ。私なんざそれが出来ないんだから、実に苦労でしようがないよ。お正月なんざ、本統に来なくッてもいいもんだね」

「千鳥さんはそんなことを言ッたッて、蠣殻町《こめやまち》のあの人がどうでもしておくれだから、何も心配しなくッてもいいじゃアないかね」

「どうしてどうして、そんなわけに行くものかね。大風呂敷ばッかし広げていて、まさかの時になると、いつでも逃げ出して二月ぐらい寄りつきもしないよ。あんなやつ

＊耄碌頭巾　焙烙頭巾・炮烙頭巾と呼ばれる老人用の頭巾に語呂を合わせたのであろう。
＊検査場　「たけくらべ」注参照。

アありゃしないよ」

「私しなんか、三カ日のうちにお客の的《あて》がまだ一人もないんだもの、本統にくさくさしッちまうよ」

「二日の日だけでもいいんだけれど、三日でなくッちゃア来られないと言うしさ。それもまだ本統に極まらないんだよ」

「小万さんは三日とも西宮さんで、七草も西宮さんで、十五日もそうだっさ。あんなお客が一人ありゃア暮の心配もいりゃアしないし、小万さんは実に羨ましいよ」

「西宮さんと言やア、あの人とよく一しょに来た平田さんは、好男子《いいおとこ》だッたッけね」

「名山さん、お前岡惚《おかぼ》れしておいでだッたね」

「虚言《うそ》ばッかし。ありゃ初緑さんだよ」

「吉里さんは死ぬほど惚れていたんだね」

「そうだろうさ。あの善さんたア比較物《くらべもの》にもなりゃしないもの」

「どうして善さんを吉里さんは情夫《いいひと》にしたんだろうね。最初は、気の毒になるほど冷遇《いやが》ッてたじゃアないかね」

「それがよくなったんだろうさ」

「吉里さんは浮気だもの」

「だッて、浮気で惚れられるような善さんでもないよ」

「そんなことはどうでもよいけれども、吉里さんのような人はないよ。今晩返すからとお言いだから、先月の、そうさ、二十七日の日にお金を二円貸したんだよ。いまだに返金《かえさ》ないんだもの。あんな義理を知らない人ッちゃアありゃアしないよ」

「千鳥さん、お前もお貸しかい。私もね、白縮緬の帯とね、お金を五十銭借りられて、やッぱしそれッきりさ。帯がないから、店を張るのに、どんなに外見《きまり》が悪いだろう。返す返すッて、もう十五日からになるよ」

「名山さん、私しのなんかもひどいじゃアないかね。お客から預かッていた指環を借りられたんだよ。明日の朝までとお言いだから貸してやッたら、それッきり返さないのさ。お客からは責められるし、吉里さんは返してくれないし、私しゃこんなに困ッたことはないよ。今朝催促したら、明日まで待ッてくれろッてお言いだから、待ッてやることは待ッてやったけれども、吉里さんのことだから怪しいもんさ」

「二階の花魁で、借りられない者はあるまいよ。三階で五人、階下《した》にも三人あるよ。先日《こないだ》出勤した八千代さんからまで借りてるんだもの。あんな小供のような者まで欺《だま》すとは、あんまりじゃアないかね」

「だから、だんだん交際人《つきあいて》がなくなるんさ。平田さんが来る時分には、あんなに仲よくしていた小万さんでさえ、もうとうから交際《つきあわ》ないんだよ」

「あんな義理を知らない人と、誰が交際《つきあ》うものかね。私なんか今怒ッちゃア損だから、我慢して口を利いてるんさ。もうじきお正月だのに、いつ返してくれるんだろう」

「本統だね。明日指環を返さなきゃ、承知しやアしない」

「煤払《すすはら》いの時、衆人《みんな》の前で面《つら》の皮を引《ひ》ん剝《む》いておやりよ」

「そのくらいなことをしたッて平気だろうよ。あんな義理知らずはありゃアしないよ」

名山がふと廊下の足音を見返ると、吉里が今便所から出て湯殿の前を通るところであッた。しッと言ッた名山の声に、一同廊下を見返り、吉里の姿を見ると、さすがに気の毒になッて、顔を見合わせて言葉を発する者もなかッた。

◇

吉里は用事をつけてここ十日ばかり店を退《ひ》いているのである。病気ではないが、頬に痩《や》せが見えるのに、化粧《みじまい》をしないので、顔の生地は荒れ色は蒼白《あおざめ》ている。髪も櫛巻《くしま》きにして巾《きれ》も掛けずにいる。年も二歳《ふたつ》ばかり急に老《ふ》けたように見える。

火鉢の縁に臂《ひじ》をもたせて、両手で頭を押えてうつむいている吉里の前に、新造《しんぞ》のお熊が煙管《きせる》を杖《つえ》にしてじろじろと見ている。

行燈は前の障子が開けてあり、丁字《＊ちょうじ》を結んで油煙が黒く発《た》ッている。蓋《ふた》を開けた硯箱《すずりばこ》の傍には、端を引き裂いた半切《＊はんきれ》が転がり、手簞笥の抽匣《ひきだし》を二段斜めに重ねて、唐紙の隅《すみ》のところへ押しつけてある。

お熊が何か言おうとした矢先、階下《した》でお熊を呼ぶ声が聞えた。お熊は返辞をして立

＊丁字　灯心の頭にできる燃えさしの塊。
＊半切　半切れ紙。半切り紙。横長の手紙用の和紙。

とうとして、またちょいと蹲踞《しゃが》んだ。

「ねえ、よござんすか。今晩からでも店にお出なさいよ。店にさえおいなさりゃ、御《ご》内所《ないしょ》のお神さんもお前さんを贔屓《ひいき》にしておいでなさるんだから、また何とでも談話《はなし》がつくじゃアありませんか。ね、よござんすか。あれ、また呼んでるよ。よござんすか、花魁。もう今じゃ来なさらないけれども、善さんなんぞも当分呼ばないことにして、ねえ花魁、よござんすか。ちょいと行ッて来ますからね、よく考えておいて下さいよ。今行くてえのにね、うるさく呼ぶじゃないか。よござんすか、花魁」

お熊は廊下へ出るとそのまま階下《した》へ駈け出して行った。

吉里はじッと考えて、幾たびとなく溜息を吐《つ》いた。

「もういやなこッた。この上苦労したッて――この上苦労するがものアありゃしない。私しゃ本統に済まないねえ。西宮さんにも済まない。小万さんにも済まない。ああ」

吉里は歎息しながら、袂《たもと》から皺《しわ》になッた手紙を出した。手紙とは言いながら五六行の走り書きで、末にかしくの止めも見えぬ。幾たびか読み返すうちに、眼が一杯の涙になッた。ついに思いきった様子で、宛名《あてな》は書かず、自分の本名のお里のさ印《じるし》とのみ筆を加え、結び文にしてまた袂へ入れた。それでまたしばらく考えていた。

廊下の方に耳を澄ましながら、吉里は手箪笥の抽匣《ひきだし》を行燈の前へ持ち出し、上の抽匣の底を探ッて、薄い紙包みを取り出した。中には平田の写真が入ッていた。重ね合わせてあッたのは吉里の写真である。

じッと見つめているうちに、平田の写真の上にはらはらと涙が落ちた。忙《あわ》てて紙で押えて涙を拭き取り、自分の写真と列《なら》べて見て、また泣いた上で元のように紙に包んで傍に置いた。

今一個《ひとつ》の抽匣から取り出したのは、一束《ひとつか》ねずつ捻紙《こより》で絡《から》げた二束《ふたつ》の文《ふみ》である。これはことごとく平田から来たのばかりである、捻紙を解いて調べ初めて、その中から四五本選《え》り出して、涙ながら読んで涙ながら巻き納めた。中には二度も三度も読み返した文もあッた。涙が赤い色のものであッたら、無数の朱点が打たれたらしく見えた。

この間も吉里はたえず耳を澄ましていたのである。今何を聞きつけたか、つと立ち上った。廊下の障子を開けて左右を見廻し、障子を閉めて上の間の窓の傍に立ち止ッて、また耳を澄ました。

上野の汽笛が遠くへ消えてしまッた時、口笛にしても低いほどの口笛が、調子を取ッて三声ばかり聞えると、吉里はそっと窓を開けて、次の間を見返ッた。手はいつか袂から結び文を出していた。

十一

午前《あさ》の三時から始めた煤払いは、夜の明けないうちに内所をしまい、客の帰るころから娼妓《じょろう》の部屋部屋を払き始めて、午前《ひるまえ》の十一時には名代部屋を合わせて百幾個《いくつ》の室《へや》に蜘蛛の網一線剰《ひとすじのこ》さず、廊下に雑巾まで掛けてしまった。

出入りの鳶《とび》の頭《かしら》を始め諸商人、女髪結い、使い屋の老物《じじい》まで、目録のほかに内所から酒肴《しゅこう》を与えて、この日一日は無礼講、見世から三階まで割れるような賑《にぎ》わいである。

娼妓《しょうぎ》もまた気の隔《お》けない馴染みのほかは客を断り、思い思いに酒宴を開く。お職女郎の室は無論であるが、顔の古い幅の利く女郎の室には、四五人ずつ仲のよい同士が集《よ》ッて、下戸上戸飲んだり食ッたりしている。

小万はお職ではあり、顔も古ければ幅も利く。内所の遣《つか》い物に持寄りの台の数々、十畳の上の間から六畳の次の間までほとんど一杯になッていた。

鳶の頭と店の者とが八九人、今祝《し》めて出て行ッたばかりのところで、小万を始め此《この》糸初《いとはつ》紫《むらさき》初緑名山千鳥などいずれも七八分の酔《え》いを催し、新造《しんぞ》のお梅まで人と汁粉《しるこ》とに酔ッて、頬から耳朶《みみたぶ》を真赤にしていた。

次の間にいたお梅が、「あれ危ない。吉里さんの花魁、危のうござんすよ」と、頓《とん》興《きょ》な声を上げたので、一同その方を見返ると、吉里が足元も定まらないまで酔ッて入ッて来た。

吉里は髪を櫛巻きにし、お熊の半天を被《はお》ッて、赤味走ッたがす糸織に繻子《しゅす》の半襟を掛けた綿入れに、緋《ひ》の唐縮緬《とうちりめん》の新らしからぬ長襦袢《ながじゅばん》を重ね、山の入ッた紺博多《こんはかた》の男帯を巻いていた。ちょいと見たところは、もう五《いつつ》六《むッつ》歳も老《ふ》けていたら、花魁の古手の新造《しんぞ》落《お》ちという風俗である。

呆《あき》れ顔をしてジッと見ていた小万の前に、吉里は倒れるように坐ッた。

吉里は蒼い顔をして、そのくせ目を坐《す》えて、にッこりと小万へ笑いかけた。

「小万さん。私しゃね、大変御無沙汰《ごぶさた》しッちまッて、済まない、済まない、ほんーとうに済まないんだねえ。済まないんだよ、済まないんだよ、知ッてて済まないんだからね。小万さん、先日《いつか》ッからそう思ッてたんだがね、もういい、もういい、そんなことを言ッたッて、ねえ小万さん、お前さんに笑われるばかしなんだよ。笑う奴ア笑うがいい。いくらでもお笑い。さアお笑い。笑ッておくれ。誰が笑ッたッて、笑ッたッていい。笑ッていいよ。察しておくれのは、小万さんばかりだわね。察しておいでだろう。察しておいでだとも。本統に察しがいいんだもの。ほほほほほ。おや、名山さん。千鳥さんもおいでだね。初緑さん。初紫さん。此糸さんや、おくれなその盃を。私しゃお酒がうまくッて、うまくッて、うまくッて、本統にうまいの。早くおくれよ。早く、早く、早くさ」

吉里はにやにや笑ッていて、それで笑いきれないようで、目を坐《す》えて、体をふらふらさせて、口から涎《よだれ》を垂《た》らしそうにして、手の甲でたびたび口を拭いている。

「此糸さん、早くおくれッたらよ、盃の一つや半分、私しにくれたッて、何でもありゃアしなかろうよ」

「吉里さん」と、小万は呼びかけ、「お前さんは大層お酒が上ッたようだね」

「上ッたか、下ッたか、何だか、ちッとも、知らないけれども、平右衛門《*へいえもん》の台辞《せりふ》じゃアないが、酒でもちッと進《めえ》らずば……。ほほ、ほほ、ほほほほほほほ」

「飲めるのなら、いくらだッて飲んでおくれよ。久しぶりで来ておくれだッたんだから、本統に飲んでおくれ、身体《からだ》にさえ触《さわ》らなきゃ。さア私しがお酌をするよ」

吉里はうつむいて、しばらくは何とも言わなかッた。

「小万さん、私しゃ忘れやアしないよ」と、吉里はしみじみと言ッた。「平田さん……。ね、あの平田さんさ。平田さんが明日故郷《くに》へ行くッて、その前の晩に兄《にい》、に、に、西宮さんが平田さんを連れて来て下さッたことが……。小万さん、よく私に覚えていられるじゃアないかね。忘れられないだけが不思議なもんさね。ちょうどこの座敷だッたよ、お前さんのこの座敷だッたよ。この座敷さ、あの時ゃ。私が疳癪《かんしゃく》を起して、湯呑みで酒を飲もうとしたら、毒になるから、毒になるからと言ッて、お前さんが止めておくれだッたッけねえ。私しゃ忘れやアしないよ」と、声は沈んで、頭《つむり》はだんだん下ッて来た。

「あの時のお酒が、なぜ毒にならなかッたのかねえ」と、吉里の声はいよいよ沈んで来たが、にわかにおかしそうに笑い出した。「ほほ、ほほほほほ。お酒が毒になッて、お溜《たま》り小法師《こぼし》があるもんか。ねえ此糸さん。じゃア小万さん、久しぶりでお前さんの

＊平右衛門の台辞「酒でもむりに参らずば、これまで命もつづきますまい」(「仮名手本忠臣蔵」七段目)

お酌で……」

吉里は小万に酌をさせて、一息に呑むことは飲んだが、酒が口一杯になッたのを、耐忍《がまん》してやッと飲み込んだ。

「ねえ、小万さん。あの時のお酒が毒になるなら、このお酒だッて毒になるかも知れないよ。なアに、毒になるなら毒になるがいいんさ。死んじまやアそれッきりじゃアないか。名山さんと千鳥さんがあんないやな顔をしておいでだよ。大丈夫だよ、安心してえておくんなさいましだ。死んで花実が咲こかいな、苦しむも恋だって。本統にうまいことを言ッたもんさね。だもの、誰がすき好んで、死ぬ馬鹿があるもんかね。名山さん、千鳥さん、お前さんなんぞに借りてる物なんか、ふんで死ぬような吉里じゃアないからね、安心してえておくんなさいよ。死ねば頓死《とんし》さ。そうなりゃ香奠《こうでん》になるんだね。ほほほほほほ。香奠なら生きてるうちのことさ。此糸さん、初紫さん、香奠なら今のうちにおくんなさいよ。ほほ、ほほほほほ」

「あ、忘れていたよ。東雲《しののめ》さんとこへちょいと行くんだッけ」と、初緑が坐を立ちながら、「吉里さん、お先きに。花魁、また後で来ますよ」と、早くも小万の室を出た。

此糸も立ち、初紫も立ち、千鳥も名山も出て行ッて、ついに小万と吉里と二人になッた。次の間にはお梅が火鉢に炭を加《つ》いでいる。

「小万さん、西宮さんは今日はおいでなさらないの」と、吉里の調子はにわかに変ッて、仔細があるらしく問い掛けた。

「ああ、来ないんだよ。二三日脱《はず》されない用があるんだとか言ッていたんだからね。明後日《あさって》あたりでなくッちゃア、来ないんだろうと思うよ。先日《こないだ》お前さんのことをね、久しく逢わないが、吉里さんはどうしておいでだッて。あの人も苦労性だから、やッぱし気になると見えるよ」

「そう。西宮さんには私しゃ実に顔が合わされないよ。だがね、今日は急に西宮さんに逢いたくなッてね……。二三日おいでなさらないんじゃア……。今度おいでなさッたらね、私がこう言ッてたッて、後生だから話しておいておくんなさいよ」

「ああ、今度来なすッたら、知らせて上げるから、遊びにおいでよ」

吉里はしばらく考えていた。そして、手酌で二三杯飲んで、またしばらく考えていた。

「小万さん、平田さんの音信《たより》は、西宮さんへもないんだろうかね」と、吉里の声は存外平気らしく聞えた。

「ああ、あれッきり手紙一本来ないそうだよ。西宮さんが出した手紙の返事も来ないそうだよ。だがね、人の行末というものは、実に予知《わか》らないものだねえ」と、小万がじッと吉里を見つめた眼には、少しは冷笑を含んでいるようであッた。

「まアそんなもんさねえ」と、吉里は軽《かろ》く受け、「小万さん、私しゃお前さんに頼みたいことがあるんだよ」

「頼みたいことッて」

吉里は懐《ふところ》中から手紙を十四五本包んだ紙包みを取り出し、それを小万の前に置いた。

「この手紙なんだがね。平田さんから私んとこへ来た手紙の中で、反故《ほご》にしちゃ、あんまり義理が悪いと思うのだけ、昨夜《ゆうべ》調べて別にしておいたんだよ。もうしまってお いたって仕様がないし、残しときゃ手拭紙《てふきがみ》にでもするんだが、それもあんまり義理が悪いようだし、お前さんに預けておくから、西宮さんに頼んで、ついでの時平田さんへ届けてもらっておくんなさいよ。ねえ小万さん、お頼み申しますよ」

小万は顔色を変え、「吉里さん、お前さん本気でお言いなのかえ」

「西宮さんへ話して、平田さんへ届けるようにしておくんなさいよ」と、吉里は同じことを繰り返した。

「吉里さん、どうしてそんな気になッたんだよ。そんなに薄情な人とは、私しゃ今まで知らなかッたよ。まさかに手拭紙にもされないからとは、あんまり薄情過ぎるじゃないかね。平田さんをそんなに忘れておしまいでは、あんまり義理が悪るかろうよ」

「だッて、もう逢えないと定《き》まッてる人のことを思ッたッて……」と、吉里はうつむいた。

「私しゃ実に呆れたよ。こんな稼業《かぎょう》をしてるんだから、いつまでも――一生その人に情《じょう》を立ッて、一人でいることは出来ないけれども、平田さんを善さんと一しょにおしでは、お前さん済むまいよ。善さんがどんなに可愛いか知らないが、平田さんを忘れちゃ、あんまり薄情だね」

「私しゃ善さんが可愛いんさ。平田さんよりいくら可愛いか知れないいんだよ。平田さんのことを……、まアさほどにも思わないのは、私しゃよッぽど薄情なんだろうさ」

と、吉里はうつむいてジッと襟《えり》を嚙んだ。

「本統に呆《あき》れた人だよ。いいとも、お前さんの勝手におし。お前さんが善さんと今のようにおなりなのも、決して悪いとは思ッていなかッたんだが、今日という今日、薄情なことを知ッたから、もうお前さんとは口も利かないよ。さア、早く帰ッておくれ。

本統に呆れた人だよ」

吉里は悄然《しょうぜん》として立ち上ッた。

「きッと平田さんへ届けておくんなさいよ」

小万は返辞をしなかッた。

次の間へ出た吉里はまた立ち戻ッて、「小万さん、頼みますよ。西宮さんへもよろしくねえ」

小万はまた返辞をしなかった。

吉里はお梅を見て、「お梅どん、平田さんの時分にはいろいろお世話になッたッけね。西宮さんがおいでなさッたら、吉里がよろしく申しましたと言ッておくれよ。お梅どん、頼みますよ」

お梅はうつむいて、これも返辞をしなかッた。

吉里は上の間の小万をじッと見て、やがて室を出て行ッたかと思うと、隣の尾車《おぐるま》という花魁の座敷の前で、大きな声で大口を利くのが、いかにも大酔しているらしく聞えた。

その日も暮れて見世を張る時刻になッた。小万はすでに裲襠《しかけ》を着、鏡台へ対《むか》って身

繕いしているところへ、お梅があわただしく駈けて来て、

「花魁、大変ですよ。吉里さんがおいでなさらないんですッて」

「えッ、吉里さんが」

「御内所じゃ大騒ぎですよ。裏の撥橋《はねばし》*が下りてて、裏口が開けてあッたんですッて」

「え、そうかねえ。まア」

小万は驚きながらふッと気がつき、先刻《さきほど》吉里が置いて行ッた手紙の紙包みを、まだしまわず床の間に上げておいたのを、包みを開け捻紙《こより》を解いて見ると、手紙と手紙の間から紙に包んだ写真が出た。その包み紙に字が書いてあった。もしやと披《ひろ》げて読み下して、小万は驚いて蒼白《まッさお》になッた。


一筆書き残しまいらせ候《そろ》。よんどころなく覚悟を極《きわ》め申し候。不便《ふびん》と御推《ごすい》もじ願い上げまいらせ候。平田さんに済み申さず候。西宮さんにも済み申さず候。お前さまにも済みませぬ。されど私こと誠の心は写真にて御推もじ下されたくくれぐれもね

＊撥橋　刎橋。「里の今昔」注参照。

んじ上げまいらせ候。平田さんにも西宮さんにも今一度御目にかかりたく、これのみ心残りにおわし候。いずかたさまへも、お前さまよりよろしくお伝え下されたく候。取り急ぎ何も何も申し残しまいらせ候。

さとより

おまん様
人々

写真を見ると、平田と吉里のを表と表と合わせて、裏には心という字を大きく書き、捻紙《こより》にて十文字に絡《から》げてあッた。

小万は涙ながら写真と遺書《かきおき》とを持ったまま、同じ二階の吉里の室へ走ッて行ッて見たが、もとより吉里のおろうはずがなく、お熊を始め書記の男と他に二人ばかりで騒いでいた。

小万は上の間へ行ッて窓から覗《のぞ》いたが、太郎稲荷、入谷金杉《かなすぎ》あたりの人家の燈火《ともしび》が散見《ちらつ》き、遠く上野の電気燈が鬼火《ひとだま》のように見えているばかりだ。

次の日の午時《ひる》ごろ、浅草警察署の手で、*今戸の橋場寄りのある露路《ろじ》の中に、吉里が着て行ッたお熊の半天が脱ぎ捨ててあり、同じ露路の隅田河の岸には、娼妓《じょろう》の用いる上草履と男物の麻裏草履とが脱ぎ捨ててあったことが知れた。

けれども、死骸《しがい》はたやすく見当らなかッた。翌年の一月末、永代橋《えいたいばし》の上流《かみ》に女の死骸が流れ着いたとある新聞紙の記事に、お熊が念のために見定めに行くと、顔は腐爛《くさ》ってそれぞとは決められないが、着物はまさしく吉里が着て出た物に相違なかッた。お熊は泣く泣く箕輪《みのわ》の無縁寺*に葬むり、小万はお梅をやっては、七日七日の香華《こうげ》を手向《たむ》けさせた。

明治二十九年七月「文芸倶楽部」

*今戸の橋場　台東区北部の浅草今戸町。昔はこの付近から隅田川に架橋されたと伝えられる。

*無縁寺　浄土宗常閑寺。俗称、投げ込み寺という。

註文帳

泉 鏡花

剃刀研

十九日

紅梅屋敷

作平物語

夕空

点灯頃

雪の門

二人使者

左の衣兜

化粧の名残

剃刀研

一

「おう寒いや、寒いや、こりゃべらぼうだ。」

と天窓《あたま》をきちんと分けた風俗、その辺の若い者。双子《ふたこ》の着物に白ッぽい唐桟《とうざん》の半纏《はんてん》、博多《はかた》の帯、黒八丈の前垂《まえだれ》、白綾子《しろりんず》に菊唐草浮織の手巾《ハンケチ》を頸《うなじ》に巻いたが、向風《むこうかぜ》に少々鼻下を赤うして、土手からたらたらたらと坂を下り、鉄漿溝《おはぐろどぶ》*というのについて揚屋町《あげやまち》の裏の田町の方へ、紺足袋に日和下駄《ひよりげた》、後の減ったる代物《しろもの》、一体なら此奴《こいつ》豪勢に発奮《はず》むのだけれども、一進が一十《いっし》、二八《にっぱち》の二月で工面が悪し、霜枯《しもがれ》から引続き我慢をしているが、とかく気になるという足取《あしどり》。

ここに金鍔《きんつば》屋、荒物屋、煙草《たばこ》屋、損料屋*、場末の勧工場《かんこうば》*見るよう、狭い店のごたご

＊鉄漿溝　「里の今昔」注参照。

を打《ぶっ》違《ちが》え、下に五すけと書いて、親仁《おやじ》が大目金《めがね》を懸けて磨桶《とぎおけ》を控え、剃刀の刃を合せている図、目金と玉と桶の水、切物《きれもの》の刃を真蒼《まっさお》に塗って、あとは薄墨でぼかした彩色《さいしき》、これならば高尾の二代目三代目時分の禿《かむろ》が使《つかい》に来ても、一目して研屋《とぎや》の五助である。

敷居の内は一坪ばかり凸凹のたたき土間。隣のおでん屋の屋台が、軒下から三分が一ばかり此方《こなた》の店前《みせさき》を掠《かす》めた蔭に、古布子《ふるぬのこ》で平胡坐《ひらあぐら》、継《つぎ》はぎの膝かけを深うして、あわれ泰山崩るるといえども一髪動かざるべき身の構え。砥石《といし》を前に控えたは可《い》いが、怠惰《なまけ》が通りものの、真鍮《しんちゅう》の煙管《きせる》を脂下《やにさが》りに啣《くわ》えて、けろりと往来を視《なが》めている、ついたと並んだのを通越すと、一間《けん》口に看板をかけて、丁寧に絵にして剪刀《はさみ》と剃刀《かみそり》とい目と鼻なる敷居際につかつかと入ったのは、件《くだん》の若い者、捨《すて》どんなり。

手を懐にしたまま胸を突出し、半纏の袖口を両方入山形《いりやまがた》という見得で、

「寒いじゃあねえか、」

「いやあ、お寒う。」

「やっぱりそれだけは感じますかい、」

親仁は大口を開《あ》いて、啣えた煙管を吐出すばかりに、

「はははは、」

「暢気《のんき》じゃあ困るぜ、ちっと精を出しねえな。」

「一言もございませんね、はははは。」

「見や、それだから困るてんじゃあねえか。ぼんやり往来を見ていたって、何も落して行《ゆ》く奴《やつ》アありやしねえよ。しかも今時分、よしんば落して行った処にしろ、お前何だ、拾って店へ並べておきゃ札をつけて軒下へぶら下げておくと同一《おんなじ》で、たちまち鳶《とんび》トーローローだい。」

「こう、憚《はばか》りだが、そんな曰附《いわくつき》の代物は一ツも置いちゃあねえ、出処《でどこ》の確《たしか》なものばッかりだ。」と件《くだん》ののみさしを行火《あんか》の火入へぽんと払《はた》いた。真鍮のこの煙管さえ、その中に置いたら異彩を放ちそうな、がらくた沢山、根附《ねつけ》、緒〆《おじめ》の類《たぐい》。古庖丁、*塵劫記《じんこうき》

＊損料屋　料金をとって、夜具、衣服などを貸す店。また、その職業。
＊勧工場　明治・大正期、複数の商店が一つの建物の中に入って販売したところ。デパートの進出で衰退した。
＊高尾　江戸時代の遊女の源氏名。十一代続いた。
＊禿　遊女に仕える少女。
＊塵劫記　江戸記の算術書。一六二七年に吉田光由が著した。

などを取交ぜて、石炭箱を台に、雨戸を横《よこた》え、赤毛布《あかげっと》を敷いて並べてある。

「いずれそうよ、出処は確《たしか》なものだ。川尻権守《ごんのかみ》、溝中長左衛門《どぶのなか》ね、掃溜衛門之介《はきだめ》などからお下《さが》り遊ばしたろう。」

「愚哉《おろか》々々、これ黙らっせえ、平《たいら》の捨吉、汝今頃《なんじ》この処に来《きた》って、憎まれ口をきくようじゃあ、いかさま地《じ》いろが無《ね》えものと見える。」と説破《せっぱ》一番して、五助はぐッとまた横啣《よこぐわえ》。

平の捨吉これを聞くと、壇の浦没落の顔色《がんしょく》で、

「ふむ、余り殺生が過ぎたから、ここん処精進よ。」と戸外《おもて》の方へ目を反《そら》す。狭い町を一杯に、昼帰《ひるがえり》を乗せてがらがらがら。

二

あとは往来《ゆきき》がばったり絶えて、魔が通る前後《あとさき》の寂たる路《みち》かな。如月《きさらぎ》十九日の日がまともにさして、土には泥濘《ぬかるみ》を踏んだ足跡も留《とど》めず、さりながら風は颯々《さつさつ》と冷く吹いて、遥《はるか》に高い処で払《はたき》をかける。

「串戯《じょうだん》じゃあねえ、」と若い者は立直って、

「紺屋《こうや》じゃあねえから明後日《あさって》とは謂《い》わせねえよ。楼《うち》の妓衆《おいらん》たちから三挺《ちょう》ばかり来てる筈《はず》だ、もう疾《とっ》くに出来てるだろう、大急ぎだ。」

「へいへい。いやまた家業の方は真面目《まじめ》でございス、捨さん。」

「うむ、」

「出来てるにゃ出来てます、」と膝かけからすぽりと抜けて、行火《あんか》を突出しながらずいと立つ。

若いものは心付いたように、ハアトと銘のあるのを吸いつける。

五助は背後向《うしろむき》になって、押廻して三段に釣った棚に向い、右から左のへ三度ばかり目を通すと、無慮四五百挺の剃刀《かみそり》の中から、箱を二挺、紙にくるんだのを一挺、目方を引くごとく掌《てのひら》に据えたが、捨吉に差向けて、

「これだ、」

「どれ、」

＊地いろ　地色。素人の女との色事。

箱を押すとすッと開いて、研澄《とぎす》ましたのが素直《まっすぐ》に出る、裏書をちょいと視《なが》め、

「こりゃ青柳《あおやぎ》さんと、可《よ》し、梅の香さんと、それから、や、こりゃ名がねえが間違やしないか。」

「大丈夫、」

「確《たしか》かね。」

「千本ごッたになったって私《わっし》が受取ったら安心だ、お持ちなせえ、したが捨さん、」

「なあに、間違ったって剃刀だあ。」

「これ、剃刀だあじゃあねえよ、お前《めえ》さん。今日は十九日だぜ。」

「ええ、驚かしちゃあ不可《いけね》え、*張店《はりみせ》の遊女《おいらん》に時刻を聞くのと、十五日過《すぎ》に日をいうなあ、大の禁物だ。年代記にも野暮の骨頂としてございますな。しかも今年は閏《うるう》がねえ。」

「いえ、閏があろうとあるまいと、今日は全く十九日だろうな。」と目金越に覗《のぞ》き込むようにして謂《い》ったので、捨吉は変な顔。

「どうしたい。そうさ、」

「お前《めえ》さん楼《とこ》じゃあ構わなかったっけか。」

「何を、」

「剃刀をさ。」

　謂うことはのみ込めないけれども、急に改まって五助が真面目だから、聞くのも気がさして、

「剃刀を？　おかしいな。」

「おかしくはねえよ。この頃じゃあ大抵何楼《どこ》でも承知の筈だに、どうまた気が揃ったか知らねえが、三人が三人取りに寄越《よこ》したのはちっと変だ、こりゃお気をつけなさらねえと危《あぶ》ねえよ。」

　ますます怪訝《けげん》な顔をしながら、

「何も変なこたアありやしないんだがね、別に遊女《おいらん》たちが気を揃えてというわけでもなしさ。しかしあたろうというのは三人や四人じゃあねえ、遣《や》れるもんなら楼《うち》に居るだけ残らずというのよ。」

「皆《みんな》かい、」

＊張店　「里の今昔」注参照。

「ああ、」

「いよいよ悪かろう。」

「だってお前《めえ》、床屋が居続けをしていると思や、不思議はあるめえ。」

五助は苦笑《にがわらい》をして、

「洒落《しゃれ》じゃあないというに。」

「何、洒落じゃあねえ、まったくの話だよ。」と若いものは話に念が入《い》って、仕事場の前に腰を据えた。

十九日

三

「昨夜《ゆうべ》ひけ過《すぎ》にお前《めえ》、威勢よく三人で飛込んで来た、本郷辺の職人徒《てあい》さ。今朝になって直すというから休業《やすみ》は十七日だに変だと思うと、案の定なんだろうじゃあないか。すったもんだと捏《こ》ねかえしたが、言種《いいぐさ》が気に入ったい、総勢二十一人というのが昨日《きのう》のコッた、竹の皮包の腰兵糧でもって巣鴨《すがも》の養育院というのに出かけて、施《ほどこし》のちょきちょきを遣《や》ってさ、総がかりで日の暮れるまでに頭の数五百と六十が処片《そく》づけたという奇特な話。

その崩《くずれ》が豊国へ入って、大廻りに舞台が交《かわ》ると上野の見晴《みはらし》で勢揃《せいぞろい》というのだ、それから二人《にん》三人ずつ別れ別れに大門へ討入《うちいり》で、格子さきで冑首《かぶとくび》と見ると名乗《なのり》を上げた。

もとよりひってん*は知れている、ただは遁《に》げようたあ言わないから、出来るだけ仕事をさせろ。愚図《ぐず》々々吐《ぬか》すと、処々に伏勢《ふせぜい》は配ったり、朝鮮伝来の地雷火が仕懸けてあるから、合図の煙管《きせる》を払《はた》くが最後、芳原は空《くう》へ飛ぶぜ、と威勢の好《い》い懸合《かけあい》だから、一番景気だと帳場でも買ったのさね。

そこで切味の可《い》いのが入用というので、ちょうどお前《めえ》ん処《とこ》へ頼んだのが間に合うだろうと、大急ぎで取りに来たんだが、何かね、十九日がどうかしたかね。」

＊居続け　遊廓で遊び続け、帰らないこと。
＊直す　遊廓での滞在時間を延長すること。
＊ひってん　何もないこと。貧乏なこと。

「どうのこうのって、真面目なんだ。いけ年《どし》を仕《つかまつ》って何も万八*を極《き》めるにゃ当りません。」

「だからさ、」

「大概《てえげえ》御存じだろうと思うが、じゃあ知らねえのかね。この十九日というのは厄日でさ。別に船頭衆《せんどしゅう》が大晦日《おおみそか》の船出をしねえというような極《きま》ったんじゃアありません。他《ほか》の同商売にはそんなことは無《ね》えようだが、廓《くるわ》中のを、こうやって引受けてる、私許《うち》ばかりだから忌《いや》じゃあねえか。」

「はて――ふうむ。」

「見なさる通りこうやって、二百《そく》三百と預ってありましょう。殊にこれなんざあ御銘々使い込んだ手加減があろうというもんだから。そうでなくッたって粗末にゃあ扱いません。またその癖誰もこれを一挺《ちょう》どうしようと云うのも無《ね》えてッた勘定だけれど、数のあるコッたから、念にゃあ念を入れて毎日一度ずつは調べるがね。紛失《ふんじつ》するなんてえ馬鹿げたことはない筈《はず》だが、聞きなせえ、今日だ、十九日というと不思議に一挺ずつ失《な》くなります。」

「何《なん》が、」と変な目をして、捨吉は解《わか》ったようで呑込《のみこ》めない。

「何がッたって、預ってる中《うち》のさ。」

「おお、」

「ね、御覧なせえ、不思議じゃアありませんかい。私《わっし》もどうやらこうやら皆様《みなさん》で贔屓《ひいき》にして、五助のでなくッちゃあ歯切《はぎれ》がしねえと、持込んでくんなさるもんだから、長年居附いて、婆《ばば》どんもここで見送ったというもんだ。先《せん》の内もちょいちょい紛失したことがあるにゃあります。けれども何の気も着かねえから、そのたんびに申訳をして、事済みになりなりしたんだが。

毎々のことでしょう、気をつけると毎月さ、はて変だわえ、とそれからいつでも寝際にゃあちゃんと、ちゅう、ちゅう、たこ、かいなのちゅ、と遣ります。

いつの間にか失くなるさ、怪《け》しからねえこッたと、大きに考え込んだ日が何でも四五年前だけれど、忘れもしねえ十九日。

聞きなせえ。

するとその前の月にも一昨日《おととい》持って来たとッて、東屋《あずまや》の都《みやこ》という人のを*新造衆《しんぞしゅう》が

*万八　うそ。いつわり。

取りに来て、」

五助は振向いて背後《うしろ》の棚、件《くだん》の屋台の蔭ではあり、間狭《まぜま》なり、日は当らず、剃刀ばかりで陰気なのを、目金越に見て厭《いや》な顔。

四

「と、ここから出そうとすると無かろうね。探したが探したがさあ知れねえ。とうとう平あやまりのこっち凹《へこ》み、先方様《さきさま》むくれとなったんだが、しかも何と、その前の晩気を着けて見ておいたんじゃアあるまいか。持って来たのが十八日、取りに来たのが二十日の朝、検《しら》べたのが前の晩なら、何でも十九日の夜中だね、希代なのは。」

「へい、」と言って、若い者は巻煙草《まきたばこ》を口から取る。

五助は前屈《まえかが》みに目金を寄せ、

「ほら、日が合ってましょう。それから気を着けると、いつかも江戸町のお喜乃《きの》さんが、やっぱり例の紛失で、ブツブツいって帰《けえ》ったッけ、翌日《あくるひ》の晩方、わざわざやって来て、（どうしたわけだか、鏡台の上に、）とこうだ。私許《うち》へ預って、取りに来て失《う》せたものが、鏡台の上にあるは、いかがでござい。

鏡台の上はまだしもさ、悪くすると十九日には障子の桟《さん》なんぞに乗っかってる内があるッさ。

浮舟さんが𡚴部屋《かんべや》に下《さが》っていて、七日《なぬか》ばかり腰が立たねえでさ、夏のこッた、湯へ入《へえ》っちゃあ不可《いけね》えと固く留められていたのを、悪汗《わるあせ》が酷《ひど》いといって、*中引過《なかびけ》ぎに密《そ》ッと這出《はいだ》して行って湯殿口でざっくり膝を切って、それが許《もと》で亡くなったのも、お前《めえ》、剃刀がそこに落ッこちていたんだそうさ。これが十九日、去年の八月知ってるだろう。

その日も一挺紛失さ、しかしそりゃ浮舟さんの楼《うち》のじゃあねえ、確か喜怒川《きぬがわ》の緑さんのだ、どこへどう間違って行《ゆ》くのだか知れねえけれども、厭《いや》じゃあねえか、恐しい。

引《ひっ》くるめて謂《い》や、こっちも一挺なくなって、廓内《くるわうち》じゃあきっと何楼《どこ》かで一挺だけ

＊新造　「たけくらべ」注参照。
＊中引け　遊廓が閉店となる夜の十二時頃。午前二時頃を大引という。

多くなる勘定だね。御入用のお客様はどなただか早や知らねえけれど、何でも私《わっし》が研《と》澄《ぎす》したのをお持ちなさると見えるて、御念の入った。

潑《ぱっ》としちゃあ、お客にまで気を悪くさせるから伏せてはあろうが、お前さんだ、今日は剃刀を扱《つか》わねえことを知っていそうなもんだと思うが、楼《うち》でも気がつかねえでいるのかしら。」

「ええ！　ほんとうかい、お前《めえ》とは懇意だが、実は昨今だから、……へい？」と顔の筋を動かして、眉をしかめ、目を睜《みは》ると、この地色の無い若い者は、思わず手に持った箱を、ばったり下に置く。

「ええ、もし、」

「はい。」と目金を向ける、気を打った捨吉も斉《ひと》しく振向くと、皺嗄《しゃが》れた声で、

「お前さん、御免なさいまし。」

敷居際に蹲《つくば》った捨吉が、肩のあたりに千草色の古股引《ふるももひき》、垢《あか》じみた尻切半纏《しりきりばんてん》、よれよれの三尺、＊胞衣《えな》かと怪《あや》まれる帽を冠《かぶ》って、手拭《てぬぐい》を首に巻き、引出し附のがたがた箱と、海鼠形《なまこなり》の小盥《こだらい》、もう一ツ小盥を累《かさ》ねたのを両方振分にして天秤《てんびん》で担いだ、六十ばかりの親仁《おやじ》、瘠《やせ》さらぼい、枯木に目と鼻とのついた姿で、さもさも寒そう。

捨吉は袖を交わして、ひやりとした風、つっけんどんなもの謂《いい》で、

「何だ、」

「はい、もしお寒いこッてございます。」

「北風《ならい》のせいだな、こちとらの知ったこッちゃあねえよ。」

「へへへへへ、」と鼻の尖《さき》で寂《さみ》しげなる笑《えみ》を洩《もら》し、

「もし、唯今《ただいま》のお話は、たしか幾日《いくか》だとかおっしゃいましたね。」

五

五助は目金越に、親仁の顔を瞻《みまも》っていたが、

「やあ作平《さくべい》さんか、」といって、その太わくの面道具《おもてどうぐ》を耳から捻《ねじ》り取るよう、捥《も》ぎはなして膝の上。口をこすって、またたいて、

「飛んだ、まあお珍しい、」と知った中。捨吉間が悪かったものと見え、

＊胞衣　胎児を包んでいる膜および胎盤。

「作平さん、かね。」と低声《こごえ》で口の裡《うち》。

折から、からからと後歯《あとば》の跫音《あしおと》、裏口ではたと留《や》んで、

「おや、また寝そべってるよ、図々しい、」

叱言《こごと》は犬か、盗人猫《ぬすっとねこ》か、勝手口の戸をあけて、ぴッしゃりと蓮葉《はすは》にしめたが、浅間だから直《じき》にもう鉄瓶をかちりといわせて、障子の内に女の気勢《けはい》。

「唯今。」

「帰《けえ》んなすったかい、」

「お勝さん？」と捨吉は中腰に伸上りながら、

「もうそんな時分かな。」

「いいえ、いつもより小一時間遅いんですよ、」

という時、二枚立《だて》のその障子の引手の破目《やぶれめ》から仇々《あだあだ》しい目が二ツ、頰のあたりがほの見えた。蓋し昼の間寐《うちね》るだけに一間の半《なかば》を借り受けて、情事《いろごと》で工面の悪い、荷物なしの新造《しんぞ》が、京町あたりから路地づたいに今頃戻って来るとのこと。

「少し立込んだもんですからね、」

「いや、御苦労様、これから緩《ゆっく》りとおひけに相成《あいなり》ます？」

「ところが不可《いけ》ないの、手が足りなくッて二度の勤《つとめ》と相成ります。」

「お出懸《でかけ》か、」と五助。

「ええ、困るんですよ、昨夜《ゆうべ》もまるッきり寐ないんですもの、身体中《からだ》ぞくぞくして、どうも寒いじゃアありませんか、お婆さん堪《たま》らないから、もう一枚下へ着込んで行《ゆ》きましょうと思って、おお、寒い。」といってまた鉄瓶をがたりと遣《や》る。

さらぬだに震えそうな作平、

「何てえ寒いこッてございましょう、ついぞ覚えませぬ。」

「はッくしょい、ほう、」と呼吸《いき》を吹いて、堪《たま》りかねたらしい捨吉続けざまに、

「はッくしょい！　ああ、」といって眉を顰《ひそ》め、

「噂《うわさ》かな、恐しく手間が取れた、いや、何しろ三挺頂いて帰りましょう。薄気味は悪いけれど、名にし負う捨どんがお使者でさ、しかも身替《みがわり》を立てる間奥《うち》の一間で長ッ尻《ちり》と来ていらあ。手ぶらでも帰られまい。五助さん、ともかくも貰って行《ゆ》くよ。途中で自然《おのず》からこの蓋《ふた》が取れて手が切れるなんざ、おっと禁句、」とこの際、障子の内へ

＊後歯　女性用の下駄。前の歯と台を同じ材で作り、後ろの歯を差し入れたもの。

聞かせたさに、捨吉相方なしの台辞《せりふ》あり。

五助はまめだって、

「よくそう謂《い》いなせえよ、」

「十九日かね、」と内からいう。

「ええ、御存じ、」といいながら、捨吉腰を伸《のば》してずいと立った。

「希代だわねえ。」

「やっぱり何でございますかい、」と作平はこれから話す気、振《ふり》かえて、荷を下《おろ》し、屋台へ天秤を立てかける。

捨吉はぐいと三挺、懐へ突込みそうにしたが、じっと見て、

「おッと十九日。」

という処へ、荷車が二台、浴衣の洗濯を堆《うずたか》く積んで、小僧が三人寒い顔をしながら、日向《ひなた》をのッしりと曳《ひ》いて通る。向うの路地の角なる、小さな薪《まき》屋の店前《みせさき》に、炭団《たどん》を乾かした背後《うしろ》から、子守がひょいと出て、ばたばたと駆けて行《ゆ》く。大音寺前あたりで飴《あめ》屋の囃子《はやし》。

紅梅屋敷

六

その荷車と子守の行違《ゆきちが》ったあとに、何にもない真赤《まっか》な田町の細路へ、捨吉がぬいと出る。

途端にちりりんと鈴《りん》の音、袖に擦合うばかりの処へ、自転車一輛、またたきする間もあらせず、

「危い、」と声かけてまた一輛、あッと退《すさ》ると、耳許《みみもと》へ再び、ちりちり！

土手の方から颯《さっ》と来たが、都合三輛か、それ或《あるい》は三羽《びき》か、三疋《びき》か、燕《つばめ》か、兎か、見分けもつかず、波の揺れるようにたちまち見えなくなった。

棒立ちになって、捨吉茫然《ぼうぜん》と見送りながら、

「何だ、一文も無《ね》え癖に、」

「汝《てめえ》じゃアあるまいし。」

「や、」

「どうした。」

「へい、」

「近頃はどうだ、ちったあ当りでもついたか、汝《てめえ》、桐島のお消《けし》に大分執心だというじゃあないか。」

「どういたしまして、」

「少しも御遠慮には及ばぬよ。」

「いえ、先方《さき》へでございます、旦那《だんな》にじゃあございません。」

「そうか、いや意気地《いくじ》の無い奴《やつ》だ。」と腹蔵の無い高笑《たかわらい》。少禿天窓《すこはげあたま》てらてらと、色づきの好《い》い顔容《かおかたち》、年配は五十五六、結城《ゆうき》の襲衣《かさね》に八反の平絎《ひらぐけ》、棒縞《ぼうじま》の綿入半纏《わたいればんてん》をぞろりと羽織って、白縮緬《しろちりめん》の襟巻をした、この旦那と呼ばれたのは、二上屋藤三郎《ふたかみやとうさぶろう》という遊女屋の亭主で、廓《くるわ》内の名望家、当時見番の取締《とりしまり》を勤めているのが、今向《むこう》の路地の奥からぶらぶらと出たのであった。

界隈《かいわい》の者が呼んで紅梅屋敷という、二上屋の寮*は、新築して実にその路地の突当《つきあたり》、通《とおり》の長屋並《ならび》の屋敷越に遠くちらちらとある紅《くれない》は、早や咲初《さきそ》めた莟《つぼみ》である。

捨吉は更《あらた》めて、腰を屈《かが》めて揉手《もみで》をし、

「旦那御一所に。」

「おお、これからの、」

という処へ、萌黄《もえぎ》裏の紺看板に二の字を抜いた、切立《きったて》の半被《はっぴ》、そればかりは威勢が可《い》いが、かれこれ七十にもなろうという、十筋右衛門《とすじうえもん》が向顱巻《むこうはちまき》。

今一人《にん》、唐縮緬《とうちりめん》の帯をお太鼓に結んで、人柄な高島田、風呂敷包を小脇に抱えて、後前《あとさき》に寮の方から路地口へ。

捨吉はこれを見て、

「や、爺《とっ》さん、こりゃ姉さん、」

「ああ、今日はちっとの、内証《ないしょ》に芝居者のお客があっての、実は寮の方で一杯と思って、下拵《したごしらえ》に来てみると、困るじゃあねえか、お前《めえ》。」

「へい、へい成程。」

「お若が例のやんちゃんをはじめての、騒々しいから厭《いや》だと謂《い》うわ。じゃあ一晩だけ

＊寮　「里の今昔」注参照

店の方へ行っていろと謂ったけれど、それをうむという奴かい。また眩暈《めまい》をされたり、虫でも発《おこ》されちゃあ叶《かな》わねえ。その上お前、ここいらの者に似合わねえ、俳優《やくしゃ》というと目の敵《かたき》にして嫌うから、そこで何だ。客は向《むこう》へ廻すことにして、部屋の方の手伝に爺やとこのお辻をな、」

「へい、へい、へい、成程、そりゃお前《めえ》さん方御苦労様。」

「ははは、別荘《おしもやしき》に穴籠《あなごもり》の爺《じじ》めが、土用干でございますてや。」

「お前さん、今日は。」とお辻というのが愛想の可《い》い。

藤三郎はそのまま土手の方へ行こうとして、フト研屋《とぎや》の店を覗込《のぞきこ》んで、

「よくお精が出るな。」

「いや、」作平と共に四人の方《かた》を見ていたのが、天窓《あたま》をひたり、

「お天気で結構でございます。」

「しかし寒いの。」と藤三郎は懐手で空を仰ぎ、輪形《なり》にずッと眴《みまわ》して、

「筑波の方に雲が見えるぜ。」

七

「嘘あねえ。」

と五助はあとでまた額を撫《な》で、

「怠けちゃあ不可《いけな》いと謂《い》われた日にゃあ、これでちっとは文句のある処だけれど、お精が出ますとおっしゃられてみると、恐入るの門なりだ。

実際また我ながらお怠け遊ばす、婆《ばばあ》どんの居た内はまだ稼ぐ気もあったもんだが、もう叶《かな》わねえ。

人間色気と食気が無くなっちゃあ働けねえ、飲《のみ》けで稼ぐという奴《やつ》あ、これが少ねえもんだよ、なあ、お勝さん、」と振向いて呼んでみたが、

「もうお出懸けだ、いや、よく老実《まめ》に廻ることだ。ははははは作平さん、まあ、話しなせえ、誰も居ねえ、何ならこっちへ上って炬燵《こたつ》に当ってよ、その障子を開けりゃ可《い》い、はらんばいになって休んで行《ゆ》きねえ。」

「そうもしてはいられぬがの、通りがかりにあれじゃ、お前さんの話が耳に入《い》って、

少し附かぬことを聞くようじゃけれど、今のその剃刀《かみそり》の失《う》せるという日は、確か十九日とかいわしった、」

「むむ、十九日十九日、」と、気乗《きのり》がしたように重ね返事、ふと心付いた事あって、

「そうだ、待ちなせえ、今日は十九日と、」

五助は身を捻《ひね》って、心覚《こころおぼえ》、後《うしろ》ざまに棚なる小箱の上から、取下《とりおろ》した分厚な一綴《てつ》の註文帳。

膝の上で、ぴたりと二つに割って開け、ばらばらと小口を返して、指の尖《さき》でずッと一わたり、目金で見通すと、

「そうそうそう、」といって仰向《あおむ》いて、掌《たなそこ》で帳面をたたくこと二三度す。

作平もしょぼしょぼとある目で覗《のぞ》きながら、

「日切《ひぎれ》の仕事かい。」

「何、急ぐのじゃあねえけれど、今日中に一挺《ちょう》私《わし》が気で研いで進ぜたいのがあったのよ、つい話にかまけて忘りょうとしたい、まあ、」

「それは邪魔をして気の毒な。」

「飛んでもねえ、緩《ゆっく》りしてくんねえ。何さ、実はお前《めえ》、聞いていなすったか、その今

日だ。この十九日にゃあ一日仕事を休むんだが、休むについてよ、こう水を更《あらた》めて、砥石《といし》を洗って、ここで一挺念入《ねんいり》というのがあるのさ、」

「気に入ったあつらえかの。」

「むむ、今そこへ行《ゆ》きなすった、あの二上屋の寮が、」

と向うの路地を指《ゆびさ》した。

「あ、あ、あれだ、紅梅が見えるだろう、あすこにそのお若さんてって十八になるのが居て、何だ、旦那の大の秘蔵女《ひぞうっこ》さ。

そりゃ見せたいような容色《きりょう》だぜ、寮は近頃出来たんで、やっぱり女郎屋の内証《ないしょ》で育ったもんだが、人は氏よりというけれど、作平さん、そうばかりじゃあねえね。

お蔭で命を助かった位な施《ほどこし》を受けてるのがいくらもあら。

藤三郎父親《ちゃん》がまた夢中になって可愛がるだ。

少姐《ねえさん》の袖に縋《すが》りゃ、抱えられてる妓衆《こどもしゅう》の証文も、その場で煙《けむ》になりかねない勢《いきおい》だけれど、そこが方便、内に居るお勝なんざ、よく知ってていうけれど、女郎衆なんという者は、ハテ凡人にゃあ分らねえわ。お若さんの容色《きりょう》が佳《い》いから天窓《あたま》を下げるのが口惜《くやし》いとよ。

私《あつし》あ鐚一文《びたいちもん》世話になったんじゃあねえけれど、そんなこんなでお前《めえ》、その少姐《ねえさん》が大の贔屓《ひいき》。

どうだい、こう聞きゃあお前《めえ》だって贔屓にしざあなるめえ。死んだ田之助*ソックりだあな。」

八

「ところで御註文を格別の扱《あつかい》だ。今日だけは他《ほか》の剃刀を研がねえからね、仕事と謂《い》や、内じゃあ商売人のものばかりというもんだに因って、一番不浄除《よけ》の別火《べつび》にして、お若さんのを研ごうと思って。

うっかりしていたが、一挺来ていたというもんだ、いつでもこうさ。

一体十九日の紛失一件は、どうも廓《くるわ》にこだわってるに違《ちげ》えねえ。祟《たた》るのは妓衆《こどもし》なんだからね、少姐《ねえさん》なんざ、遊女《おいらん》じゃあなし、しかも廓内《くるわうち》に居るんじゃあねえから構うめえと思ってよ。

まあ何にしろ変な訳さ。今に見ねえ、今日もきっと誰方《どなた》か取りにござる。いや作平さん、狐千年を経《ふ》れば怪をなす、私《わっし》が剃刀研《かみそりとぎ》なんざ、商売往来にも目立たねえ古物《こぶつ》だからね、こんな場所がらじゃアあるし、魔がさすと見えます。

そういやあ作平さん、お前さんの鏡研《かがみとぎ》も時代なものさ、お互《たげえ》に久しいものだが、どうだ、御無事かね。二階から白井権八＊の顔でもうつりませんかい。」

その箱と盥《たらい》とを荷《にな》った、痩《やせ》さらぼいたる作平は、蓋《けだ》し江戸市中世渡《よわたり》ぐさに俤《おもかげ》を残した、鏡を研いで活業《なりわい》とする爺《じじい》であった。

淋しげに頷《うなず》いて、

「ところがもし御同様じゃで、」

「御同様⁉」と五助は日脚を見て仕事に懸《かか》る気、寮の美人の剃刀を研ぐ気であろう。桶《おけ》の中で砥石《といし》を洗いながら、慌てたように謂返《いいかえ》した。

「御同様は気がねえぜ、お前《めえ》の方にも曰《いわく》があるかい。」

＊田之助　幕末から明治にかけて活躍した歌舞伎役者、沢村田之助。女形として人気を博した。

＊白井権八　歌舞伎・浄瑠璃に登場する人物。吉原の遊女との悲恋で知られる。

「ある段か、お前さん。こういうては何じゃけれど、田町の剃刀研、私《わし》は広徳寺前を右へ寄って、稲荷町《いなりちょう》の鏡研、自分達が早や変化《へんげ》の類《たぐい》じゃ、へへへへ。」と薄笑《うすわらい》。

「おやおや、汝《てめえ》から名乗る奴《やつ》もねえもんだ。」と、かっちり、つらつらと石を合せる。

「じゃがお前、東京と代が替って、こちとらはまるで死んだ江戸のお位牌《いはい》の姿じゃわ、*羅宇《らお》屋の方はまだ開《あ》けたのが出来たけれど、もう貒穴《まみあな》の狸、梅暮里の鰌《どじょう》などと同一《ひとつ》じゃて。その癖職人絵合せの一枚刷《ずり》にゃ、烏帽子素袍《えぼしすおう》を着て出ようというのじゃ。」

「それだけになお罪が重いわ。」

「まんざらその祟《たたり》に因縁のないことも無いのじゃ、時に十九日の。」

「何か剃刀の失《う》せるに就いてか、」

「つい四五日前、町内の差配人《おおや》さんが、前の溝川の橋を渡って、蔀《しとみ》を下《おろ》した薄暗い店さきへ、顔を出さしったわ。はて、店賃《たなちん》の御催促。*万年町の縁の下へ引越《ひっこ》すにも、尨《むく》犬《いぬ》に渡《わたり》をつけんことにゃあなりませぬ。それが早や出来ませぬ仕誼《しぎ》、一刻も猶予ならぬ立退《たちの》けでござりましょう。その儀ならば後《のち》とは申しませぬ、たった今川ン中へ引越しますと謂《い》うたらば。

差配《おおや》さん苦笑《にがわらい》をして、狸爺め、濁酒《どぶろく》に喰い酔《くら》って、千鳥足で帰って来たとて、桟橋《さんばし》を踏外そうという風かい。溝店《どぶだな》のお祖師様と兄弟分だ、少《わか》い内から泥濘《ぬかるみ》へ踏込んだ験《ためし》のない己《おれ》だ、と、手前《てめえ》太平楽を並べる癖に。

御意でござります。

どこまで始末に了《お》えねえか数《すう》が知れねえ。可《い》いや、地尻の番太と手前《てめえ》とは、己《おら》が芥子坊主《しぼうず》の時分から居てつきの厄介者だ。当《あて》もねえのに、毎日研物の荷を担いで、廓内をぶらついて、帰りにゃあ箕輪《みのわ》の浄閑寺へ廻って、以前御贔屓《ごひいき》になりましたと、遊女《おいらん》の無縁の塔婆に挨拶《あいさつ》をして来やあがる。そんな奴も差配《さはい》内になくッちゃあお祭の時幅が利かねえ。忰《せがれ》は稼いでるし、稲荷町の差配は店賃の取り立てにゃあ歩行《ある》かねえッての、むむ。」と大得意。この時五助はお若の剃刀をぴったりと砥《と》にあてたが、哄然《こうぜん》として、

「気に入った気に入った、それも贔屓の仁左衛門*だい。」

＊羅宇屋　きせるに使う竹の管を交換する商売。
＊万年町　「たけくらべ」注参照。

作平物語

九

「ところで聞かっしゃい、差配《おおや》さまの謂《い》うのには、作平、一番念入《ひとつねんいり》に遣《や》ってくれ、その代り儲かるぜ、十二分のお手当だと、膨らんだ懐中《ふところ》から、朱総《しゅぶさ》つき、錦《にしき》の袋入というのを一面の。

何でも差配《おおや》さんがお出入《でいり》の、麴町《こうじまち》辺の御大家の鏡じゃそうな。さあここじゃよ。十九日に因縁づきは。憚《はばか》ってお名前は出さぬが、と差配《おおや》さんが謂わっしゃる。

その御大家は今寡婦様《ごけさま》じゃ、まず御後室というのかい。ところでその旦那様というのはしかるべきお侍、もうその頃は金モオルの軍人というのじゃ。

鹿児島戦争の時に大したお手柄があって、馬車に乗らっしゃるほどな御身分になんなされたとの。その方が少《わか》い時よ。

誰もこの迷《まよい》ばかりは免れぬわ。やっぱりそれこちとらがお花主《とくい》の方に深いのが一人出来て、雨の夜《よ》、雪の夜もじゃ。とどの詰《つま》りがの、床の山で行倒れ、そのまんまずッと引取られたいより他《ほか》に、何の望《のぞみ》もなくなったというものかい。居続けの朝のことだとの。

遊女《おいらん》は自分が薄着なことも、髪のこわれたのも気がつかずに、しみじみと情人《いろ》の顔じゃ。窶《やつ》れりゃ窶れるほど、嬉しいような男振《おとこぶり》じゃが、大層髭《ひげ》が伸びていた。鏡台の前に坐らせて、嗽《うがい》茶碗で濡《ぬら》した手を、男の顔へこう懸けながら、背後《うしろ》へ廻った、とまあ思わっせえ。

遊女《おいらん》は、胸にものがあってしたことか。わざと八寸の延鏡《のべかがみ》が鏡立《たて》に据えてあったが、男は映る顔に目も放さず。

うしろから肩越に気高い顔を一所にうつして、遊女《おいらん》が死のうという気じゃ。

あなた、私の心が見えましょう、と覗込《のぞきこ》んだ時に、ああ、堪忍しておくんなさい、とその鏡を取って俯向《うつむ》けにして、男がぴったりと自分の胸へ押着《おッつ》けたと。

*仁左衛門　片岡仁左衛門。歌舞伎の名跡。

何を他人がましい、あなた、と肩につかまった女の手を、背後《うしろ》ざまに弾《は》ねたので、うんにゃ、愚痴なようだがお前には怨《うらみ》がある。母様《おっかさん》によく肖《に》た顔を、ここで見るのは申訳がないといって、がっくり俯向いて男泣《おとこなき》。

遊女《おいらん》はこれを聞くと、何と思ったか、それだけのものさえ持てようかという痩《や》せた指で、剃刀《かみそり》を握ったまま、顔の色をかえて、ぶるぶると震えたそうじゃが、突然逆手《いきなりさかて》に持直して、何と、背後《うしろ》からものもいわずに、男の咽喉《のど》へ突込《つっこ》んだ。」

五助は剃刀の平《ひら》を指で圧《おさ》えたまま、ひょいと手を留めた。

「おお、危《あぶね》え。」

「それにの、刃物を刺すといや、針さしへ針をさすことより心得ておらぬような婦人《おんな》じゃあなかった。俺《おら》あ遊女《おいらん》の名と坂の名はついぞ覚えたことは無《ね》えッて、差配《おおや》さんは忘れたと謂《い》わッしたっけ。その遊女は本名お縫さんと謂っての、御大身じゃあなかったそうじゃが、歴《れっき》とした旗本のお嬢さんで、お邸《やしき》は番町辺。

何でも徳川様瓦解《がかい》の時分に、父様《おとっさん》の方は上野へ入《へえ》んなすって、お前、お嬢さんが可《か》哀《わい》そうにお邸の前へ莫蓙《ござ》を敷いて、蒔絵《まきえ》の重箱だの、お雛様《ひなさま》だの、錦絵《にしきえ》だのを売ってござった、そこへ通りかかって両方で見初めたという悪縁じゃ。男の方は長州藩の若侍。

それが物変り星移りの、講釈のいいぐさじゃあないが、有為転変、芳原でめぐり合《あい》、という深い交情《なか》であったげな。

牛込見附で、仲間《ちゅうげん》の乱暴者を一人《にん》、内職を届けた帰りがけに、もんどりを打たせたという手利《てきき》なお嬢さんじゃ、廓《くるわ》でも一時四辺《ひとしきりあたり》を払ったというのが、思い込んで剃刀で突いた奴《やつ》。」

「ほい。」

十

「男はまるで油断なり、万に一つも助かる生命《いのち》じゃあなかったろうに、御運かの。遊女《おいらん》は気がせいたか、少し狙《ねらい》がはずれた処へ、その胸に伏せて、うつむいていなすった、鏡で、かちりとその、剃刀の刃が留まったとの。

私《わし》はどちらがどうとも謂《い》わぬ。遊女《おいらん》の贔屓《ひいき》をするのじゃあないけれど、思詰めたほどの事なら、遂げさしてやりたかったわ、それだけ心得のある婦人《おんな》が、仕損じは、まあ、どうじゃ。」

「されば、」

口惜《くや》しい、口惜しい、可愛いこの人の顔を余所《よそ》の婦人《おんな》に見せるのは口惜しい！　との、唇を噛《か》んだまま、それなりけり。

全く鏡を見なすった時に、はッと我に返って、もう悪所には来まいという、吃《きっ》とした心になったのじゃげな。

「その代り返す手で、我が咽喉《のど》を刎《は》ね切った遊女《おいらん》の姿の見事さ！

容子《ようす》で悟った遊女《おいらん》も目が高かった。男は煩悩の雲晴れて、はじめて拝む真如《しんにょ》の月かい。生命《いのち》の親なり智識なり、とそのまま頂かしった、鏡がそれじゃ。はて総《ふさ》つき錦の袋入はその筈《はず》じゃて、お家に取っては、宝じゃものを。

念を入れて仕上げてくれ、近々にその後室様が、実の児《こ》よりも可愛がっておいでなさる、甥御《おいご》が一方《ひとかた》。悪い茶も飲まずに、さる立派な学校を卒業なされた。そのお祝に、御教訓をかねてお遺物《つかいもの》になさるつもり、まずまあ早くいってみりゃ、油断が起って女狂《おんなぐるい》、つまり悪所入《あくしょばいり》などをしなさらぬようにというのじゃ。

作平頼む、と差配《おおや》さんが置いて行《ゆ》かれた。畏《かしこま》り奉るで、昨日《きのう》それが出来て、差配さんまで差出すと、直《すぐ》に麴町のお邸《やしき》とやらへ行《ゆ》かしった。

点火頃《ひともしごろ》に帰って来て、作、喜べと大枚三両。これはこれはと心《しん》から辞退をしたけれども、いや先方様《さきさま》でも大喜び、実は鏡についてその話のあったのは、御維新《ごいっしん》になって八年、霜月の十九日じゃ。月こそ違うが、日は同一《おんなじ》、ちょうど昨日の話で今日、更《あらた》めてその甥御様に送る間にあった、ということで、研賃《とぎちん》には多かろうが、一杯飲んでくれと、こういうのじゃ。

頂きます頂きます、飲代《のみしろ》にならら百両でも御辞退仕《つかまつ》りまする儀ではござりませぬと、さあ飲んだ、飲んだ、昨夜《ゆうべ》一晩。

ウイか何かでなあ五助さん、考えて見ると成程な、その大家の旦那がすっかり改心をなされた、こりゃ至極じゃて。

お連合《つれあい》の今の後室が、忘れずに、大事にかけてござらっしゃる、お心懸《こころがけ》も天晴《あっぱれ》なり、来歴づきでお宝物にされた鏡はまた錦の袋入。こいつも可《い》いわい。その研手《とぎて》に私《わし》をつかまえた差配さんも気に入ったり、研いだ作平もまず可《よ》かった甥御も可し。戒《いましめ》のためと謂《い》うて、遺物にさっしゃる趣向も受けた。手間じゃない飲代にせいという文句も可しか、酒も可いが、五助さん。

その発端になった、旗本のお嬢さん、剃刀で死んだ遊女《おいらん》の身になって御覧《ごろう》じろ、またこのくらいよくない話はあるまい。

迷《まよい》じゃ、迷は迷じゃが、自分の可愛い男の顔を、他《ほか》の婦人《おんな》に見せるのが厭《いや》さに、とてもとあきらめた処で、殺して死のうとまで思い詰めた、心はどうじゃい。

それを考えれば酒も咽喉《のど》へは通らぬのを、いやそうでない。魂魄《こんぱく》この土《ど》に留《とど》まって、浄閑寺にお参詣《まいり》をする私《わし》への礼心、無縁の信女達の総代に麴町の宝物を稲荷町までお遣わしで、私《わし》に一杯振舞うてくれる気、と、早や、手前勝手。飲みたいばかりの理窟をつけて、さて、煽《あお》るほどに、けるほどに、五助さん、どうだ。

私《わし》の顔色の悪いのは、お憚《はばか》りだけれど今日ばかりは貧乏のせいでない。三年目に一度という二日酔の上機嫌じゃ、ははは。」とさも快げに見えた。

夕　空

十一

時に五助は反故紙《ほごがみ》を扱《しご》いて研《と》ぎ澄《すま》した剃刀《かみそり》に拭《ぬぐい》をかけたが、持直して掌《てのひら》へ。

折から夕暮の天《そら》暗く、筑波から出た雲が、早や屋根の上から大鷲《おおわし》の嘴《くちばし》のごとく田町の空を差覗《さしのぞ》いて、一しきり烈《はげ》しくなった往来《ゆきき》の人の姿は、ただ黒い影が行違《ゆきちが》い、入乱るるばかりになった。

この際一際《ひときわ》色の濃く、鮮《あざや》かに見えたのは、屋根越に遠く見ゆる紅梅の花で、二上屋の寮の西向の硝子《がらす》窓へ、たらたらと流るるごとく、横雲の切目《きれめ》からとばかりの間、夕陽が映じたのである。

剃刀の刃は手許《てもと》の暗い中に、青光三寸、颯々《さっさつ》と音をなして、骨をも切るよう皮を辷《すべ》った。

「これだからな、自慢じゃあねえが悪くすると人ごろしの得物にならあ。ふむ、それが十九日か。」といって少し鬱《ふさ》ぐ。

「そこで久しぶりじゃ、私《わし》もちっと冷える気味でこちらへ無沙汰《ぶさた》をしたで、また心ゆかしに廓《くるわ》を一廻《まわり》、それから例の箕《み》の輪《わ》へ行って、どうせ苔《こけ》の下じゃあろうけれど、ぶッつかり放題、そのお嬢さんの墓と思って挨拶をして来ようと、ぶらぶら内を出て来たが。

お極《きま》りでお前《まい》ン許《とこ》へお邪魔をすると、不思議な話じゃ。あと前《さき》はよく分らいでも、十九日とばかりで聞く耳が立ったての。

何じゃ知らぬが、日が違わぬから、こりゃものじゃ。

五助さん、お前《まい》の許にもそういうかかり合《あい》があるのなら、悪いことは謂《い》わぬ、お題目を唱えて進ぜなせえ。

つい話で遅くなった。やっとこさと、今日はもう箕の輪へだけ廻るとしよう。」と謂うだけのことを謂って、作平は早や腰を延《の》そうとする。

トタンにがらがらと腕車《くるま》が一台、目の前へ顕《あらわ》れて、人通《ひとどおり》の中を曳《ひ》いて通る時、地《じ》響《ひびき》がして土間ぐるみ五助の体《たい》はぶるぶると胴震《どうぶるい》。

「ほう、」といって、俯向《うつむ》いていたぼんやりの顔を上げると、目金をはずして、

「作平さん、お前は怨《うらみ》だぜ、そうでなくッてさえ、今日はお極《きま》りのお客様が無けりゃ可《い》いが、と朝から父親《おやじ》の精進日ぐらいな気がしているから、有体《ありてい》の処腹の中《うち》じゃお題目だ。

唱えて進ぜなせえは聞えたけれど、お前《めえ》、言種《いいぐさ》に事を欠いて、私《わし》が許《とこ》をかかり合《あい》は、大《おおき》に打てらあ*。どうして堪《たま》るものか。いや、もうてっきり疑いなし、毛頭違いなし、お旗本のお嬢さん、七代までは崇《たた》ります、むむ崇るとも。

串戯《じょうだん》じゃあねえ、どの道何か怨《うらみ》のある遊女《おいらん》の幽霊とは思ったけれど、何楼《どこ》の何だか捕《つかま》えどこのねえ内はまだしも気休め。そう日が合って剃刀があって、当りがついちゃあ叶《かな》わねえ。

そうしてお前《めえ》、咽喉《のど》を突いたんだっていったじゃあねえか。」

「これから、これへ、」と作平は垢《あか》じみた細い皺《しわ》だらけの咽喉仏《のどぼとけ》を露出《むきだ》して、握拳《にぎりこぶし》で仕方を見せる。

*打てらあ　気圧される。気をのまれる。

　五助も我知らず、ばくりと口を開《あ》いて、

「ああ、ああ、さぞ、血が出たろうな、血が、」

「そりゃ出たろうとも、たらたらたら、」と胸へ真直《まっすぐ》に棒を引く。

「うう、そして真赤《まっか》か。」

「黒味がちじゃ、鮪《まぐろ》の腸《わた》のようなのが、たらたらたら。」

「止《よ》しねえ、何だなお前《めえ》、それから口惜《くやし》いッて歯を噛《か》んで、」

「怨死《うらみじに》じゃの。こう髪を啣《くわ》えての、凄《すご》いような美しい遊女《おいらん》じゃとの、恐《こわ》いほど品の好《い》いのが、それが、お前こう。」と口を歪《ゆが》める。

「おお、おお、苦しいから白魚《しらお》のような手を摑《つか》み、足をぶるぶる。」と五助は自分で身悶《みもだえ》して、

「そしてお前《めえ》、死骸《しがい》を見たのか。」

「何を謂わっしゃる、私《わし》は話を聞いただけじゃ。遊女《おいらん》の名も知りはせぬが。」

五助は目を睜《みは》ってホッと呼吸《いき》、

「何の事だ、まあ、おどかしなさんない。」

十二

作平も苦笑い、

「だってお前が、おかしくもない、血が赤いかの、指をぶるぶるだの、と謂うからじゃ。」

「目に見えるようだ。」

「私《わし》もやっぱり。」

「見えるか、ええ？」

「まずの。」

「何もそう幽霊に親類があるように落着いていてくれるこたあねえ、これが同一《おなじ》でも、おばさんに雪責にされて死んだとでもいう脆弱《かよわ》い遊女《おいらん》のなら、五助も男だ。こうまでは驚かねえが、旗本のお嬢さんで、手が利いて、中間《ちゅうげん》を一人もんどり打たせたと聞いちゃあ身動きがならねえ。

作平さん、こうなりゃお前《めえ》が対手《あいて》だ、放しッこはねえぜ。

一升買うから、後生だからお前今夜は泊り込《こみ》で、炬燵《こたつ》で附合ってくんねえ。一体ならお勝さんが休もうという日なんだけれど、限って出てしまったのも容易でねえ。そうかといって、宿場で厄介になろうという年紀《とし》じゃあなし、無茶に廓《くるわ》へ入るかい、かえって敵に生捉《いけど》られるも同然だ。夜が更けてみな、油に燈心だから堪《たま》るめえじゃねえか、恐しい。*名代《みょうだい》部屋の天井から忽然《こつねん》として剃刀が天降《あまくだ》ります、生命《いのち》にかかわるからの。よ、隣のは筋が可《い》いぜ、はんぺんの煮込を御厄介になって、別に厚切な鮪《まぐろ》を取っておかあ、船頭、馬士《うまかた》だ、お前とまた昔話でもはじめるから、」と目金に恥じず悄《しょ》げたりけり。

作平が悦喜《えっき》斜《ななめ》ならず、嬉涙《うれしなみだ》より真先《まっさき》に水鼻を啜《すす》って、

「話せるな、酒と聞いては足腰が立たぬけれども、このままお輿《みこし》を据えては例のお花主《とくい》に相済まぬて。」

「それを言うなというに。無縁塚をお花主《とくい》だなぞと、とかく魔の物を知己《ちかづき》にするから悪いや、で、どうする。」

「もう遅いから廓廻《まわり》は見合せて直ぐに箕の輪へ行って来ます。」

「むむ、それもそうさの。私《わっし》も信心をするが、お前《めえ》もよく拝んで御免蒙《こうむ》って来ねえ。

廓どころか、浄閑寺の方も一走《はしり》が可《い》いぜ。とても独《ひとり》じゃ遣切《やりき》れねえ、荷物は確《たしか》に預ったい。」

「何か私《わし》も旨《うめ》え乾物《ひもの》など見付けて提げて来よう、待っていさっせえ。」と作平はてくてく出かけて、

「こんなに人通《ひとどおり》があるじゃないかい。」

「うんや、ここいらを歩行《ある》くのに怨霊《おんりょう》を得脱《とくだつ》させそうな頼母《たのも》しい道徳は一人も居ねえ。それに一しきり一しきりひッそりすらあ、またその時の寂しさというものは、まるで時雨が留《や》むようだ。」

作平は空を仰いで、

「すっかり曇って暗くなったが、この陽気はずれの寒さでは、」

五助慌《あわただ》しく。

「白いものか、禁物々々。」

＊名代部屋　「今戸心中」注参照。

点灯頃

十三

「はい、はい、はい、誰方《どなた》だい。」

作平のよぼけた後姿を見失った五助は、目の行《ゆ》くさきも薄暗いが、さて見廻すと居《い》廻《まわり》はなおのことで、もう点灯頃《ひともしごろ》。

物の色は分るが、思いなしか陰気でならず、いつもより疾《はや》く洋燈《ランプ》をと思う処へ、大音寺前の方から盛《さかん》に曳込《ひきこ》んで来る乗込客、今度は五六台、引続いて三台、四台、しばらくは引きも切らず、がッがッ、轟々《ごうごう》という音に、地鳴《じなり》を交《まじ》えて、慣れたことながら腹にこたえ、大儀そうに、と眺めていたが、やがて途絶えると裏口に気勢《けはい》があった。

五助はわざと大声で、

「お勝さんかね、……何だ、隣か、」と投げるように呟《つぶや》いたが、

「あれ、お上んなせえ、構わずずいと入るべし、誰方だね。」

耳を澄《すま》して、

「畜生、この間もあの術《て》で驚かしゃあがった、尨犬《むくいぬ》め、しかも真夜中だろうじゃあねえか、トントントンさ、誰方だと聞きゃあ黙然《だんまり》で、蒲団《ふとん》を引被《ひっかぶ》るとトントンだ、誰方だね、黙《だんま》りか、またトンか、びッくりか、トンと来るか。とうとう戸外《おもて》から廻ってお隣で御迷惑。どのくらいか臆病《おくびょう》づらを下げて、極《きまり》の悪い思《おもい》をしたか知れやしねえ、畜生め、己《ひと》が臆病だと思いやあがって、」と中《ちゅう》ッ腹《ぱら》でずいと立つと、不意に膝かけの口が足へからんだので、亀《かめ》の子這《こばい》。

じたたらを踏むばかりに蹴はづして、一段膝をついて躙《にじ》り上《あが》ると、件《くだん》の障子を密《そっ》と開けたが、早や次の間は真暗《まっくら》がり。足をずらしてつかつかと出ても、馴《な》れて畳の破《やぶれ》にも突《つっ》かからず、台所は横づけで、長火鉢の前から手を伸《のば》すとそのまま取れる柄杓《ひしゃく》だから、並々と一杯、突然天窓《いきなりあたま》から打《ぶっ》かぶせる気、お勝がそんな家業でも、さすがに婦人《おんな》、びったりしめて行った水口の戸を、がらりと開けて、

「畜生！」といったが拍子抜け、犬も何にも居ないのであった。

首を出して眴《みま》わすと、がさともせぬ裏の塵塚《ちりづか》、そこへ潜って遁《に》げたのでもない。彼方《あなた》は黒塀がひしひしと、遥《はるか》に一並《ならび》、一ツ折れてまた一並、三階の部屋々々、棟の

数は多いけれど、まだいずくにも灯が入らず、森《しん》として三味線《さみせん》の音《ね》もしない。ただ遥に空《くう》を衝《つ》いて、雲のその夜《よ》は真黒《まっくろ》な中に、暗緑色の燈《ともしび》の陰惨たる光を放って、大屋根に一眼一角の鬼の突立《つった》ったようなのは、二上屋の常燈である。

五助は半身水口から突出して立っていたが、頻《しきり》に後《うしろ》見らるるような気がして堪《たま》らず、柄杓をぴっしゃり。

「ちょッ、」と舌打、振返って、暗がりを透《すか》すと、明けたままの障子の中から仕切ったように戸外《おもて》の人どおり。

やがて旧《もと》の仕事場の座に返って、フト心着いてはッと思った。

「おや、変だぜ。」

五助は片膝立て、中腰になり、四ツに這《は》いなどして掻探《かいさぐ》り、膝かけをふるって見て、きょときょとしながら、

「はてな、先刻《さっき》ああだに因ってと、手に持ったまま、待てよ、作平は行ったと、はてな。」

正に今日の日をもって、先刻研上げた、紅梅屋敷、すなわち寮の女《むすめ》お若の剃刀《かみそり》を、どこへか置忘れてしまったのであった。

「懐中《ふところ》へは入れず、」といいながら、慌てて懐中へ入れた手を、それなり胸に置いて、顔の色を変えたのである。

しばらくして、

「まさか棚へ、」と思わず声を放って、フト顔を上げると、一枚あけた障子の際なる敷居の処を裾《すそ》にして、扱帯《しごき》の上あたりで褄《つま》を取って、鼠地に雪ぢらしの模様のある部屋着姿、眉の鮮《あざや》かな鼻筋の通った、真白《まっしろ》な頬に鬢《びん》の毛の乱れたのまで、判然《はっきり》と見えて、脊がすらりとして、結上げた髪が鴨居《かもい》にも支《つか》えそうなのが、じっと此方《こなた》を見詰めていたので、五助は小さくなって氷りついた。

「五助さん、」と得も言われぬやや太い声して、左の手で襟をあけると、褄を持っていた手を、ふらふらとある袖口に入れた時、裾がはらりと落ちて、脊が二三寸伸びたと思うと、肉《しし》つき豊かなぬくもりもまだありそうな、乳房も見える懐から、まともに五助に向けた蒼《あお》ざめた掌《てのひら》に、毒蛇の鱗《うろこ》の輝くような一挺《ちょう》の剃刀を挟んでいて、

「これでしょう、」

五助はがッと耳が鳴《なっ》た、頭に響く声も幽《かすか》に、山あり川あり野の末に、糸より細く聞ゆるごとく、

「不浄除《よ》けの別火だとさ、ほほほほほ、」

わずかに解いた唇に、艶々《つやつや》と鉄漿《かね》を含んでいる、幻はかえって目前《まのあたり》。

「わッ」というと真俯向《まうつむき》、五助は人心地あることか。

「横町に一ツずつある芝の海さ、見や、長屋の中を突通しに廓《くるわ》が見えるぜ。」

とこの際戸外《おもて》を暢気《のんき》なもの。

「や！　雪だ、雪だ。」と呼《よば》わったが、どやどやとして、学生あり、大へべれけ、雪の進軍氷を踏んで、と哄《どッ》とばかりになだれて通る。

雪の門

十四

宵に一旦《いったん》ちらちらと降ったのは、垣の結目《ゆいめ》、板戸の端、廂《ひさし》、往来《ゆきき》の人の頬、鬢《びん》の毛、帽子の鍔《つば》などに、さらさらと音ずれたが、やがて声はせず、さるものの降るとも見えないで、木の梢《こずえ》も、屋の棟も、敷石も、溝板も、何よりはじまるともなしに白くなって、煙草屋《たばこ》の店の灯《ともしび》、おでんの行燈《あんどう》、車夫の提灯《かんばん》、いやしくもあかりのあるものに、一しきり一しきり、綿のちぎれが群《むらが》って、真白《まっしろ》な灯取虫《ひとりむし》がばたばた羽をあてる風情であった。

やがて、初夜すぐるまでは、縦横に乱れ合った足駄駒下駄《こまげた》の痕《あと》も、次第に二ツとなり、三ツとなり、わずかに凹《くぼみ》を残すのみ、車の轍《わだち》も遥々《はるばる》と長き一条の名残《なごり》となった。おうおうと遠近《えんきん》に呼交《よびかわ》す人声も早や聞えず、辻に彳《たたず》んで半身に雪を被《かぶ》りながら、揺り落すごとに上衣のひだの黒く顕《あらわ》れた巡査の姿、研屋《とぎや》の店から八九間さきなる軒下に引込《ひっこ》んで、三島神社の辺《あたり》から大音寺前の通《とおり》、田町にかけてただ一白。

折から颯《さっ》と渡った風は、はじめ最も低く地上をすって、雪の上面《うわづら》を撫《な》でてあたかも篩《ふるい》をかけたよう、一様に平《たいら》にならして、人の歩行《ある》いた路ともなく、夜の色さえ埋《うず》み消したが、見る見る垣を亙《わた》り、軒を吹き、廂を掠《かす》め、梢を鳴らし、一陣たちまち虚蒼《あおぞら》に拡がって、ざっという音烈《はげ》しく、丸雪は小雪を誘って、八方十面降り乱れて、静々《しずしず》と落ちて来た。

紅梅の咲く頃なれば、かくまでの雪の状《さま》も、旭《あさひ》とともに霜より果敢《はか》なく消えるのであろうけれど、*丑満《うしみつ》頃おいは都《みやこ》のしかも如月《きさらぎ》の末にあるべき現象とも覚えぬまでなり。

何物かこれ、この大都会を襲って、紛々皚々《がいがい》の陣を敷くとあやまたるる。

さればこそ、高く竜燈の露《あらわ》れたよう二上屋の棟に蒼《あお》き光の流るるあたり、よし原の電燈の幽《かすか》に映ずる空を籠《こ》めて、きれぎれに冴《さ》ゆる三絃の糸につれて、高笑《たかわらい》をする女の声の、倒《さかしま》に田町へ崩るるのも、あたかもこの土の色の変った機に乗じて、空《くう》を行《ゆ》く外道変化《げどうへんげ》の囁《ささやき》かと物凄《ものすご》い。

十二時疾《と》くに過ぎて、一時前後、雪も風も最も烈しい頃であった。

吹雪の下に沈める声して、お若が寮なる紅梅の門《かど》を静《しずか》に音信《おとず》れた者がある。

トン、トン、トン、トン。

「はい、今開けます、唯今《ただいま》、々々、」と内では、うつらうつらとでもしていたらしい、眠け交《まじ》りのやや周章《あわ》てた声して、上框《あがりがまち》から手を伸《のば》した様子で、掛金をガッちり。

その時戸外《おもて》に立ったのが、

「お待ちなさい、貴方《あなた》はお宅《うち》の方なんですか。」と、ものありげに言ったのであるが、

何の気もつかない風で、

「はい、あの、杉でございます。」と、あたかもその眠っていたのを、詫びるがごとき口吻《くちぶり》である。

その間《ま》になお声をかけて、

「宜《い》いんですか、開けても、夜がふけております。」

「へい、……、」ちと変った言《いい》ぐさをこの時はじめて気にしたらしく、杉というのは、そのままじっとして手を控えた。

小留《おやみ》のない雪は、軒の下ともいわず浴びせかけて降《ふり》しきれば、男の姿はありとも見えずに、風はますます吹きすさぶ。

十五

「杉、爺《じい》やかい。」とこの時に奥の方《かた》から、風こそ荒《すさ》べ、雪の夜《よ》は天地を沈めて静《しずか》に更け行《ゆ》く、畳にはらはらと媚《なま》めく跫音《あしおと》。

端近《はしぢか》になったがいと少《わか》く清《すず》しき声で、

「辻が帰っておいでかい。」

＊丑満頃　午前二時から二時半。または真夜中。

「あれ、」と低声《こごえ》に年増《としま》が制して、門《かど》なる方《かた》を憚《はばか》る気勢《けはい》。

「可《よ》かったら開けて下さい、こっちにお知己《ちかづき》の者じゃあないんです、」

「…………」

「この突当《つきあたり》の家《うち》で聞いて来たんですが、紅梅屋敷とかいうのでしょう。」

「はい、あの誰方《どなた》様で、」

「いえ、御存じの者じゃアありませんが、すこし頼まれて来たんです、構いません、ここで言いますから、あのね。」

「お開けよ。」

「…………」

「こっちへさあ。可《い》いわ、」

ここにおいて、

「まあ、お入りなさいまし。」と半ば圧《おさ》えていた格子戸をがらりと開けた。框《かまち》にさし置いた洋燈《ランプ》の光は、ほのぼのと一筋、戸口から雪の中。

同時に身を開いて一足あとへ、体を斜めにする外套《がいとう》を被《き》た人の姿を映して、余《あまり》の明《あかり》は、左手《ゆんで》なる前庭を仕切った袖垣を白く描き、枝を交《まじ》えた紅梅にうつッて、間近花の色でなく、雪の風情でなく、照したのは、且つ美しく明かに照したのは、その最もよく明かに照した。

けれども、その最もよく明かに且つ美しく照したのは、雪の風情でなく、花の色でなく、お杉がさした本斑布《ほんばらふ》の櫛《くし》でもない。濃いお納戸地に柳立枠《やなぎたてわく》の、小紋縮緬《こもんちりめん》の羽織を着て、下着は知らず、黒繻子《くろじゅす》の襟をかけた縞《しま》縮緬の着物という、寮のお若が派手姿と、障子に片手をかけながら、身をそむけて立った脇あけをこぼるる襦袢《じゅばん》と、指に輝く指環《ゆびわ》とであった。

部屋働《べやばたらき》のお杉は円髷《まるまげ》の頭《かしら》を下げ、

「どうぞ、貴下《あなた》、」

「それでは、」と身を進めて、さすがに堪え難うしてか、飛込む勢《いきおい》。中折《なかおれ》の帽子を目深《まぶか》に、洋服の上へ着込んだ外套の色の、黒いがちらちらとするばかり、しッくい叩きの土間も、研出《とぎだ》したような沓脱石《くつぬぎいし》も、一面に雪紛々。

「大変でございますこと、」とお杉が思わず、さもいたわるように言ったのを聞くと、吻《ほっ》とする呼吸《いき》をついて、

「ああ、乱暴だ。失礼。」と身震《みぶるい》して、とんとんと軽く靴を踏み、中折を取ると柔かに乱れかかる額髪を払って、色の白い耳のあたりを拭《ぬぐ》ったが、年紀《とし》のころ二十三四、

眉の鮮《あざや》かな目附に品のある美少年。殊にものいいの判然《はっきり》として訛《なまり》のないのは明《あきらか》にその品性を語り得た。お杉は一目見ると、直ちにかねて信心の成田様*の御左《おんひだり》、矜羯羅《こんがら》童子《どうじ》を夢枕に見るような心になり、

「さぞまあ、ねえ、どうもまあ、」とばかり見惚《みと》れていたのが、慌《あわただ》しく心付いて、庭下駄を引《ひっ》かけると客の背後《うしろ》へ入交《いれかわ》って、吹雪込む門《かど》の戸を二重《ふたえ》ながら手早くさした。

「直ぐにお暇《いとま》を。」

「それでも吹込みまして大変でございますもの。」

と見るとお若が、手を障子にかけて先刻《さっき》から立ったままぼんやり身動《みうごき》もしないでいる。

「お若さん、御挨拶をなさいましなね、」

お若は莞爾《にっこり》して何にも言わず、突然《いきなり》手を支《つか》えて、ばッたり悄《しお》れ伏すがごとく坐ったが、透通るような耳許《みみもと》に颯《さっ》と紅《くれない》。髷の根がゆらゆらと、身を揉《も》むばかりさも他愛なさそうに笑ったと思うと、フイと立ってばたばたと見えなくなった。

客は手持無沙汰《てもちぶさた》、お杉も為《せ》ん術《すべ》を心得ず。とばかりありて、次の室《ま》の襖越《ふすまごし》に、勿

体らしい澄《すま》したものいい。

「杉や、長火鉢の処じゃあ失礼かい。」

十六

「いいえ、貴下《あなた》失礼でございますが、別にお座敷へ何いたしますと、寒うございますから。そしてこれをお羽織んなさいまし、気味が悪いことはございません、仕立《したて》ましたばかりでございます。」と裏返しか、新調か、知らず筋糸のついたままなる、結城《ゆうき》の棒縞《ぼうじま》の寝《ね》ね子半纏《こばんてん》。被《き》せられるのを、

「何、そんな、」とかえって剪賊《おいはぎ》に出逢ったように、肩を捻《ねじ》るほどなおすべりの可《い》い花色裏。雪まぶれの外套を脱いだ寒そうで傷々《いたいた》しい、背《うしろ》から苦もなくすらりと被《かぶ》せたので、洋服の上にこの広袖《どてら》で、長火鉢の前に胡坐《あぐら》したが、大黒屋惣六《そうろく》に肖《に》て否《ひ》なるもの、S. DAIKOKUYA という風情である。

＊成田様　千葉県の成田山新勝寺。

「どうしてこんな晩に、遊女《おいらん》がお帰しなすったんですねえ、酷《ひど》いッたらないじゃアありませんか、ねえお若さん。あら、どうも飛《とん》でもない、火をお吹きなすっちゃあ不可《いけ》ません、飛でもない。」

と什麼《*そもさん》こうすりゃ何とまあ？　花の唇がたちまち変じて、鳥の嘴《くちばし》にでも化けるような、部屋働の驚き方。お若は美しい眉を顰《ひそ》めて、澄《すま》して、雪のような頰を火鉢のふちに押《おし》つけながら、

「消炭を取っておいで、」

「唯今《ただいま》何します、どうも、貴下御免なさいましよ。主人が留守だもんですから、少姐《ねえ》さんのお部屋でついお心易立《こころやすだて》にお炬燵《こた》を拝借して、続物を読んで頂いておりました処が、」

「つい眠くなったじゃあないか、」とお若は莞爾《にっこり》する。

「それでも今夜のように、ふらふら睡気《ねむけ》のさすったらないのでございますもの。」

「お極《きまり》だわ。」

「可哀相《かわいそう》に、いいえ、それでも、全く、貴下が戸をお叩き遊ばしたのは、現《うつつ》でございましたの。」

「私もうとうとしていたから、どんなにお待ちなすったか知れないねえ。ほんとうに貴下、こんな晩に帰しますような処へは、もういらっしゃらない方が可《よ》うございますわ。構やしません、そんな遊女《おいらん》は一晩の内に凍砂糖《こおりざとう》になってしまいます。」と真顔でさも思い入ったように言った。お若はこの人を廓《くるわ》なる母屋の客と思込んだものであろう。

「私は、そんな処へ行ったんじゃあないんです。」

「お隠し遊ばすだけ罪が深うございますわ、」

「別に隠しなんぞするものか。

しかし飛んだ御厄介になりました、見ず知らずの者が夜中に起して、何だか気が咎《とが》めたから入りにくくッていたんだけれど、深切にいっておくんなさるから、白状すりや渡《わたり》に舟なんで、どうも凍えそうで堪《たま》らなかった。」

と語るに、ものもいいにくそうな初心な風采《ふうさい》、お杉はさらぬだに信心な処、しみじみと本尊の顔を瞻《みまも》りながら、

＊什麼　禅問答の際、さあどうだ、いかに、と問いかける言葉。

「そう言えばお顔の色も悪いようでございます、あのちょうど取ったのがございますから、熱くお燗《かん》をつけましょうか。」

「召《めし》あがるかしら、」とお若は部屋ばたらきを顧みて、これはかえってその下戸であることを知り得たるがごとき口ぶりである。

「どうして、酒と聞くと身震《みぶるい》がするんだ、どうも、」

と言いながら顔を上げて、座右のお杉と、彼方《かなた》に目の覚めるようなお若の姿とを屹《きっ》と見ながら、明《あかる》い洋燈《ランプ》と、今青い炎《ひ》を上げた炭とを、嬉しそうに打眺めて、またほッといきをついて、

「私を変だと思うでしょう。」

十七

「自分でも何だか夢を見てるようだ。いいえ薬にも及ばない、もう可《い》いんです。何だね、ここは二上屋という吉原の寮で、お前さんは、女中、ああ、そうして姉さんはお若さん？」

「はい、さようでございます。」とお若はあでやかに打微笑《うちほほえ》む。

「ええと、ここを出て突当りに家《うち》がありますね、そこを通って左へ行《ゆ》くと、こう坂になっていましょうか、そう、そこから直《じき》に大門ですか、そう、じゃあ分った、姉さん、」とお若の方に向直った。

「姉さんに届けるものがあるんです、」といいながらお杉に向い、

「確か廓《くるわ》へ入ろうという土手の手前に、こっちから行《ゆ》くと坂が一ツ。」

打頷《うちうなず》けば頷いて、

「もう分った、そこです、その坂を上ろうとして、雪にがっくり、腕車《くるま》が支《つか》えたのでやっと目が覚めたんだ。」

この日脇屋欽之助《わきやきんのすけ》が独逸行《ドイツゆき》を送る宴会があった。

「実は今日友達と大勢で伊予紋に会があったんです、私がちっと遠方へ出懸けるために出来た会だったもんだから、方々の杯の目的《めあて》にされたんで、大変に酔っちまってね。横になって寝てでもいたろうか、帰りがけにどこで腕車に乗ったんだか、まるで夢中。

もっとも待たしておく筈《はず》の腕車はあったんだけれども、一体内は四《よ》ツ谷《や》の方、あれから下谷《したや》へ駆けて来た途中、お茶の水から外神田へ曲ろうという、角の時計台の見え

る処で、鉄道馬車の線路を横に切れようとする発奮《はずみ》に、荷車へ突当って、片一方の輪をこわしてしまって、投出されさ。」

「まあ、お危うございます、」

「ちっと擦剝《すりむ》いた位、怪我《けが》も何もしないけれども。

それだもんだから、辻車に飛乗《とびのり》をして、ふらふら眠りながら来たものと見えます。お話のその土手へ上《あが》ろうという坂だ。しっくり支《つか》えたから、はじめて気がついてね、見ると驚いたろうじゃあないか。いつの間にか四辺《あたり》は真白《まっしろ》だし、まるで野原。右手の方の空にゃあ半月のように雪空を劃《くぎ》って電燈が映ってるし、今度行《ゆ》こうという、その遠方の都の冬の処を、夢にでも見ているのじゃあるまいかと思った。

それで、御本人はまさしく日本の腕車《くるま》に乗ってさ、笑っちゃあ不可《いけな》い車夫が日本人だろうじゃあないか。雪の積った泥除《どろよけ》をおさえて、どこだ、若い衆、どこだ、ここはッて、聞くと、御串戯《ごじょうだん》もんだ、と言うんです。

四ツ谷へ帰るんだッてね、少し焦《じ》れ込むと、まあ宜《よ》うがすッさ、お聞きよ。馬鹿にしちゃ可《い》かん、と言って、間違《まちがい》の原因《もと》を尋ねたら、何も朋友《ともだち》が引張《ひっぱ》って来たという訳じゃあなかった。腕車に乗った時は私一人雪の降る中をよろけて来たから、ちょうど伊藤松坂屋の前の処で、旦那召しまし、と言ったら、ああ遣《や》ってくれ、といって乗ったそうだ。

遣ってくれと言うから、廓《なか》へ曳《ひ》いて来たのに不思議はありますまいと澄《すま》したもんです。議論をしたっておッつかない。吹雪じゃアあるし、何でも可いから宅《うち》まで曳いてッておくれ、お礼はするからと、私も困ってね。

頼むようにしたけれど、ここまで参ったのさえ大汗なんで、とても坂を上《あが》って四ツ谷くんだりまでこの雪に行《ゆ》かれるもんじゃあない。

箱根八里は馬でも越すがと、茶にしていやがる。それに今夜ちっと河岸《かし》の方とかで泊り込《こみ》という寸法があります、何ならおつき合なさいましと、傍若無人、じれッたくなったから、突然《いきなり》靴だから飛び下りたさ。」

二人使者

十八

　欽之助は茶一碗、霊水《かたちみず》のごとくぐっと干して、

「お恥かしいわけだけれど、実は上野の方へ出る方角さえ分らない。芳原はそこに見えるというのに、車一台なし、人ッ子も通らない。聞くものはなし、一体何時頃か知らんと、時計を出そうとすると、おかしい、掏《す》られたのか、落したのか、鎖ぐるみなくなっている。時間さえ分らなくなって、しばらくあの坂の下り口にぼんやりして立っていた。

　心細いッたらないのだもの、おまけに目もあてられない吹雪と来て、酔覚《えいざめ》じゃあり、寒さは寒し、四ツ谷までは百里ばかりもあるように思ったねえ。そうすると何だかまた夢のような心持になってさ。生れてはじめて迷児《まいご》になったんだから、こりゃ自分の身体《からだ》はどうかいうわけで、こんなことになったのじゃあなかろうかと、馬鹿々々しい

けれども、恐《こわ》くなったんです。

ただ車夫《くるまや》に間違えられたばかりなら、雪だっても今帷子《かたびら》を着る時分じゃあなし、ちっとも不思議なことは無いんだけれども。

気になるのは、昼間腕車《くるま》が壊れていましょう、それに、伊予紋で座が定《きま》って、杯の遣取《やりとり》が二ツ三ツ、私は五酌上戸だからもうふらついて来た時分、女中が耳打をして、玄関までちょっとお顔を、是非お目にかかりたい、という方があるッてね。つまり呼出したものがあるんだ。

灯《あかり》がついた時分、玄関はまだ暗かった、宅で用でも出来たのかと、何心なく女中について、中庭の歩《あゆみ》を越して玄関へ出て見ると、叔母の宅《うち》に世話になって、従妹《いとこ》の書物《ほん》なんか教えている婦人が来て立っていました。

先刻《さっき》奥さんが、という、叔母のことです。四ツ谷のお宅へいらっしゃると、もうお出かけになりましたあとだそうです。お約束のものが昨日《きのう》出来上って参りましたものですから、それを貴下《あなた》にお贈り申したいとおっしゃって、お持ちなすったのでございますが、お留守だというのでそのまま持ってお帰りなすって、あの児《こ》のことだから、大丈夫だろうとは思うけれど、そうでもない、お朋達《ともだち》におつき合で、他《ほか》ならば可《い》いが、芳原へでも行《ゆ》くと危い。お出かけさきへ行ってお渡し申せ、とこれを私にお預けなさいましたから、腕車で大急ぎで参りました。

何でも広徳寺前辺《あたり》に居る、名人の研屋《とぎや》が研ぎましたそうでございますからッてね、紫の袱紗《ふくさ》包《づつみ》から、錦《にしき》の袋に入った、八寸の鏡を出して、何と料理屋の玄関で渡すだろうじゃありませんか。」と少年は一呼吸《いき》ついた。お若と女中は、耳も放さず目も放さず。

「鏡の来歴は叔母が口癖のように話すから知っています。何でも叔父がこの廓《くるわ》で道楽をして、命にも障る処を、そのお庇《かげ》で人らしくなったッてね。

私も決して良い処とは思わないけれども、大抵様子は分ってるが、叔母さんと来た日にゃあ、若い者が芳原へ入れば、そこで生命《いのち》がなくなるとばかり信じてるんだ。

その人に甘やかされて、子のようにして可愛がられて育った私だから、失礼だが、様子は知っていても廓は恐しい処とばかり思ってるし、叔母の気象も知ってるんだけれども、どうです、いやしくも飲もうといって、少《わか》い豪傑が手放《てばなし》で揃ってる、しかも艶《えん》なのが、まわりをちらちらする処で、御意見の鏡とは何事だ。

そうして懐へ入れて持って帰れと来た日にゃあ、私は人魂《ひとだま》を押《おッ》つけられたように気が滅入《めい》った。

しかもお使番が女教師の、おまけに大の基督教《キリストきょう》信者と来ては助からんねえ。」

打微笑《うちほほえ》み、

「相済まんがどうぞ宅《うち》の方へお届けを、といって平にあやまると、使《つかい》の婦人が、私も主義は違っております。かようなものは信じませんが、貴君《あなた》を心《しん》から思召していらっしゃる方の志は通すもんです。私もその御深切を感じて、喜んで参りました位です、こういうお使は生れてからはじめてです、と謂《い》った。こりゃ誰だって、全くそう。」

十九

「しかし土手下で雪に道を遮られて帰る途《みち》さえ分らなくなった時思出して、ああ、あれを頂いて持っていたら、こんな出来事が無かったのかも知れない。考えて見ればいくら叔母だって、わざわざ伊予紋まで鏡を持《もた》して寄越《よこ》すってことは容易でない。それを持して寄越したのも何かの前兆、私が受取らないで女の先生を帰したのも、腕車《くるま》の破《こわ》れたのも、車夫に間違えられたのも、来よう筈《はず》のない、芳原近くへ来る約束になっていたのかも知れないと、くだらないことだが、悚《ぞっ》としたんだね。

もっとも、その時だって、天窓《あたま》からけなして受けなかったのじゃあない、懐へでも入れば受取ったんだけれども、」

我が胸のあたりをさしのぞくがごとくにして、

「こんな扮装《いでたち》だから困ったろうじゃありませんか。

叔母には受取ったということに繕って、密《そっ》と貴女《あなた》から四ツ谷の方へ届けておいて下さいッて、頼んだもんだから、少《わか》い夜会結《やかいむすび》のその先生は、不心服なようだッけ、それでは、腕車で直ぐ、お宅の方へ、と謂って帰っちまったんですよ。

あとは大飲《おおのみ》。

何しろ土手下で目が覚めたという始末なんですから。

それからね。

何でも来た方へさえ引返《ひっかえ》せば芳原へ入るだけの憂慮《きづかい》は無いと思って、とぼとぼ遣《や》って来ると向い風で。

右手に大溝《おおどぶ》があって、雪を被《かつ》いで小家《こいえ》が並んで、そして三階造《づくり》の大建物の裏と見えて、ぼんやり明《あかり》のついてるのが見えてね、刎橋《はねばし》が幾つも幾つも、まるで卯《う》の花縅《おどし》の鎧《よろい》の袖を、こう、」

　借着の半纏《はんてん》の袂《たもと》を引いて。

「裏返したように溝《どぶ》を前にして家の屋根より高く引上げてあったんだ。」

　それも物珍しいから、むやむやの胸の中にも、傍見《わきみ》がてら、二ツ三ツ四ツ五足に一ツくらいを数えながら、靴も沈むばかり積った路を、一足々々踏分けて、欽之助が田町の方へ向って来ると、鉄漿溝《おはぐろどぶ》が折曲って、切れようという処に、一ツだけ、その溝の色を白く裁切《たちき》って刎橋の架《かか》ったままのがあった。

「そこの処に婦人《おんな》が一人《にん》立ってました、や、路を聞こう、声を懸けようと思う時、近づく人に白鷺《しらさぎ》の驚き立つよう。

　前途《ゆくて》へすたすたと歩《あ》る行き出したので、何だか気がさしてこっちでも立停《たちどま》ると、劇《はげ》しく雪の降り来る中へ、その姿が隠れたが、見ると刎橋の際へ引返《ひっかえ》して来て、またすると向うへ走る。

　続いて歩《あ》行き出すと、向直ってこっちへ帰って来るから、私もまた立停るという工合、それが三度目には擦違って、婦人《おんな》は刎橋の処で。

　私は歩《あ》行き越して入違いに、今度は振返って見るようになったんだ。

そうするとその婦人《おんな》がこう彳《たたず》んだきり、うつむいて、さも思案に暮れたという風、しょんぼりとして哀《あわれ》さったらなかったから。

私は二足ばかり引返《ひっかえ》した。

何か一人では仕兼ねるようなことがあるのであろう、そんな時には差支えのない人に、力になって欲しかろう。自分を見て遁《に》げないものなら、どんな秘密を持っていようと、声をかけて、構うまいと思ってね。

実は何、こっちだって味方が欲《ほし》い。またどんな都合で腕車《くるま》の相談が出来ないものでも無いとも考えたから。

お前さんどうしたんですッて。

「まあ、御深切に、」と、話に聞惚《ききと》れたお若は、不意に口へ出した、心の声。

「傍《そば》へ寄って見ると、案の定、跣足《はだし》で居る、実に乱次《しどけ》ない風で、長襦袢《ながじゅばん》に扱帯《しごき》をしめたッきり、鼠色の上着を合せて、兵庫という髪が判然《はっきり》見えた、それもばさばさして今寝床から出たという姿だから、私は知らないけれども疑う処はない、勤人《つとめにん》だ。

脊の高いね、恐しいほど品の好《い》い遊女《おいらん》だったッけ。」

二十

「その婦人《おんな》に頼まれたんです。姉さん、」と謂いかけて、美しい顔をまともに屹《きっ》と女《むすめ》に向けた。

お若は晴々しそうに、ちょいと背けて、大呼吸《おおいき》をつきながら、黙って聞いているお杉と目を合せたのである。

「誰?」

「へい。」と、ただまじまじする。

「姉さんに、その遊女《おいらん》が今夜中にお届け申す約束のものがあるが、寮にいらっしゃるお若さん、同一《おなじ》御主人だけれども、旦那とかには謂われぬこと、朋友《ともだち》にも知れてはならず、新造《しんぞ》などにさとられては大変なので、昼から間《ま》を見て、と思っても、つい人目があって出られなかった。

ちょうど今夜は、内証《ないしょ》に大一座の客があって、雪はふる、部屋々々でも寐込《ねこ》んだのを機《しお》にぬけて出て、ここまでは来ましたが、土を踏むのにさえ遠退《とおの》いた、足がすくんで震える上に、今時こういう処へ出られる身分の者ではないから、どんな目に逢おうも知れない。

寮はもうそこに見えます。一町とは間のない処、紅梅屋敷といえば直《じき》に知れますが、あれ、あんなに犬が吠《ほ》えて、どうすることもならないから、生命《いのち》を助けると思って、これを届けて下さいッて、拝むようにして言ったんだ。成程今考えるとここいらで大層犬が吠えたっけ。

何、頼まれる方では造作のないこと、本人に取っては何かしら、様子の分らぬ廓《くるわ》のこと、一大事ででもあるようだから、直《じか》にことづかった品物があるんです。ただ渡せば可《い》いか、というとね、名も何にもおっしゃらないでも、寮の姉さんはよく御存じ、とこういうから、承知した。

その寮はッて聞くと、ここを一町ばかり、左の路地へ入った処、ちょうど可い、帰路《かえりみち》もそこだというもの。そのまま別れて遣《や》って来ると、先刻《さっき》尋ねました、路地の突当りになる通《とおり》の内に、一軒灯《あかり》の見える長屋の前まで来て、振向いて見ると、その婦人《おんな》がまだ立っていて、こっちへ指《ゆびさし》をしたように見えたけれども、朧気《おぼろげ》でよくは分らないから、一番《ひとつ》、その灯《あかり》を幸《さいわい》。

路地をお入んなさいッて、酒にでも酔ったらしい、爺《じじい》の声で教えてくれた。何、一々委《くわ》しいことをお話しするにも当らなかったんだけれど、こっちへ入って、はじめて、この明《あかる》い灯《あかり》を見ると、何だか雪路《ゆきみち》のことが夢のように思われたから、自分でもしっかり気を落着けるため、それから、筋道を謂わないでは、夜中に婦人《おんな》ばかりの処へ、たとえ頼まれたッても変だから。

そういう訳です、ともかくもその頼まれたものを上げましょう、」といって、無造作に肱《ひじ》を張って、左の胸に高く取った衣兜《かくし》の中へ手を入れた。――

固くなって聞いていた、二人とも身動きして、お若は愛くるしい頰を支えて白い肱に襦袢の袖口を搦《から》めながら、少し仰向いて、考えるらしく銀《すず》のような目を細め、

「何だろうねえ、杉や。」

「さようでございます、」とばかり一大事の、生命《いのち》がけの、約束の、助けるのと、ちっとも心あたりは無かったが、あえて客の言《ことば》を疑う色は無かったのである。

「待って下さい、」とこの時、また右の方の衣兜《かくし》を探って、小首を傾け、

「はてな、じゃあ外套《がいとう》の方だった、」と片膝立てたので。

杉、

「私が。」

「確か左の衣兜へ、」

と差俯《さしうつむ》いた処へ、玄関から、この人のと思うから、濡れたのを厭《いと》わず、大切に抱くようにして持って来た。

敷居の上へ斜《ななめ》に拡げて、またその衣兜へ手を入れたが、冷たかったか、慄《ぞっ》としたよう。

二十一

「可《よ》うございますよ、お落しなさいましても、あなたちっとも御心配なことはないの。」

探しあぐんで、外套を押遣《おしや》って、ちと慌てたように広袖《どてら》を脱ぎながら、上衣の衣兜へまた手を入れて、顔色をかえて悄《しお》れてじっと考えた時、お若は鷹揚《おうよう》に些《さ》も意に介する処のないような、しかも情の籠《こも》った調子で、かえって慰めるように謂《い》った。

お杉は心も心ならず、憂慮《きづかわ》しげに少年の状《さま》を瞻《みま》もりながら、さすがにこの際喙《くち》を容《い》れかねていたのであった。

此方《こなた》はますます当惑の色面《おもて》に顕《あらわ》れ、

「可《い》いじゃアありません、可《よ》かあない、可かあない、」

と自ら我身を罵《ののし》るごとく、

「落すなんて、そんな間のあるわけはないんだからねえ、頼んだ人は生命《いのち》にもかかわる。」と、早口にいってまた四辺《あたり》を眗《みまわ》した。

「一体どんなものでございます。」とお杉は少年に引添うて、渠《かれ》を庇《かば》うようにして言う。

「私も更《あらた》めちゃ見なかった、いいえ、実は見ようとも思わなかったような次第なんです。何でもこう紙につつんだ、細長いもので、受取った時少し重みがあったんだがね。」

お若はちょいと頷《うなず》いて、

「杉、」

「ええ、」

「瀬川さんの……ね、あれさ、」と呑込《のみこ》ませる。

「ええ、成程、貴下《あなた》、それじゃあ、何でございますよ、抱えの瀬川さんという方にお貸しなすったんですよ、あの、お頼まれなすった遊女《おいらん》は、脊の高い、品の可い、そして淋しい顔色《かおつき》の、ああ煩っているもんだからてっきり、そう！」

と勢《いきおい》よくそれにした。

「今夜までに返すからと言ったにゃあ言いましたけれども、何、少姐《ねえ》さんは返してもらうおつもりじゃございませんのに、やっと今こっちじゃあ思い出しました位ですもの。」

「何です、それは、」とやや顔の色を直して言った。口うらを聞けば金子《かね》らしい、それならばと思う今も衣兜の中なる、手尖《てさき》に触るるは*袂落《たもとおとし》。修学のためにやがて独逸《ドイツ》に赴かんとする脇屋欽之助は、叔母に今は世になき陸軍少将松島主税《まつしまちから》の令夫人を持って、ここに擲《なげう》って差支えのない金員あり。もって、余りに頼効《たのみがい》なき虚気《うつけ》の罪を、この佳人の前に購《あがな》い得て余りあるものとしたのである。

問われてお杉は引取って、

「ちっとばかりお金子です。」

欽之助は嬉しそうに、

「じゃあ私が償おう。いいえ、どうぞそうさしておくんなさい、大したことならば帰るまで待ってもらおうし、そんなでも無いなら遣《つか》って可いのを持っているから。」と思込んで言った。

「飛んでもない、貴下《あなた》。」と杉。

お若は知らぬ顔をして莞爾《にっこり》している。

此方《こなた》は熱心に、

「お願いだから、可いんだから、それでないと実に面目を失する。こうやって顔を合していても冷汗が出るほど、何だか極《きまり》が悪いんだ、夜々中《よるよなか》見ず知らずが入込んで、どうも変だ。」

「あなた、可いんですよ、私お金子を持っています、何にも遣わないお小遣《こづかい》が沢山《たんと》あるわ、銀のだの、貴下、紙幣《さつ》のだの、」といいながら、窮屈そうに坐って畏《かしこ》まっていた勝色《かちいろ》うらの褄《つま》を崩して、膝を横、投げ出したように玉の腕《かいな》を火鉢にかけて、斜《ななめ》に

＊袂落　ひもの両端に結びつけてふところを通し、左右の袂に落とし入れる小さな袋。小物入れ。

欽之助の面《おもて》を見た。姿も容《かたち》も、世にまたかほどまでに打解けた、ものを隠さぬ人を信じた、美しい、しかも蟠《わだかまり》のない言葉はあるまい。

左の衣兜

二十二

意外な言葉に、少年は呆《あき》れたような目をしながら、今更顔が瞻《みまも》られた、時に言うべからざる綺麗《きれい》な思《おもい》が此方《こなた》の胸にも通じたので。

しかも遠慮のない調子で、

「いずれお詫《わび》をする、更《あらた》めてお礼に来ましょうから、相済まんがどうぞ一番《ひとつ》、腕車《くるま》の世話をしておくんなさい。こういうお宅だから帳場にお馴染《なじみ》があるでしょう、御近所ならば私が一所に跟《つ》いて行《ゆ》くから、お前さん。」

杉は女《むすめ》の方をちょいと見たが、

「あなた何時《なんどき》だとお思いなさいます。私《わたくし》どもでは何でもありやしませんけれども、世間じゃ夜の二時過ぎでしょう。

あれあの通《とおり》、まだ戸外《おもて》はあんなでございますよ。」

少年は降りしきる雪の気勢《けはい》を身に感じて、途中を思い出したかまた悚《ぞっ》とした様子。座に言《ことば》が途絶えると漂渺《ひょうびょう》たる雪の広野《ひろの》を隔てて、里ある方《かた》に鳴くように、胸には描かれて、遥《はるか》に鶏の声が聞えるのである。

「お若さん、お泊め申しましょう、そして気を休めてからお帰りなさいまし。

私《わたくし》どもの分際でこう申しちゃあ失礼でございますけれども、何だかあなたはお厄日ででもいらっしゃいますように存じますわ。

お顔色もまだお悪うございますし、御気分がどうかでございますが、雪におあたりなすったのかも知れません。何だか、御大病の前ででもあるように、どこか御様子がお寂しくッて、それにしょんぼりしておいでなさいますよ。

御自分じゃちゃんとしてお在遊《いで》ばすのでございましょうけれども、どうやらお心が確《たしか》じゃないようにお見受申します。

お聞き申しますと悪いことばかり、お宅から召したお腕車《くるま》は破《こわ》れたでしょう、松坂屋の前からのは、間違えて飛んだ処へお連れ申しますし、お時計はなくなります。またお気にお懸け遊ばすには及びませんが、お託《ことづか》り下さいましたものも失《う》せますね。それも二度、これも二度、重ね重ね御災難、二度のことは三度とか申します。これから四ツ谷下《くん》だりまで、そりゃ十年お傭《やとい》つけのような確《たしか》な若いものを二人でも三人でもお跟《つ》け申さないでもございませんが、雪や雨の難渋なら、皆《みんな》が御迷惑を少しずつ分けて頂いて、貴下《あなた》のお身体《からだ》に恙《つつが》のないようにされますけれども、どうも御様子が変でございます。お怪我でもあってはなりません。内へお通いつけのお客様で、お若さんとどんなに御懇意な方でも、ついぞこちらへはいらっしった験《ためし》のございませんのに、しかもあなた、こういう晩、更けてからおいで遊ばしたのも御介抱を申せという、成田様のおいいつけででもございましょう。

悪いことは申しませんから、お泊んなさいまし、ね、そうなさいまし。

そしてお若さんもお炬燵《こた》へ、まあ、いらっしゃいまし、何ぞお暖《あったか》なもので縁起直しに貴下一口差上げましょうから、

あれさ、何は差置きましてもこの雪じゃありませんかねえ。」

「実はどういうんだか、今夜の雪は一片《ひとつ》でも身体《からだ》へ当るたびに、毒虫に螫《さ》されるような気がするんです。」

と好個の男児何の事ぞ、あやかしの糸に纏《まと》われて、備わった身の品を失うまで、かかる寒さに弱ったのであった。

「ですからそうなさいまし、さあ御安心。お若さん宜《よ》うございましょう？　旦那はあちらで十二時までは受合お休み、夜が明けて爺やとお辻さんが帰って参りましたら、それは杉が心得ますから、ねえ、お若さん。」

お杉大明神様と震えつく相談と思《おもい》の外、お若は空吹く風のよう、耳にもかけない風情で、恍惚《うっとり》して眠そうである。

はッと思うと少年よりは、お杉がぎッくり、呆気《あっけ》に取られながら安からぬ顔を、お若はちょいと見て笑って、うつむいて、

「夜が明けると直《すぐ》お帰んなさるんなら厭！」

「そうすりゃ、」と杉は勢込み、突然《いきなり》上着の衣兜《かくし》の口を、しっかりとつかまえて、

「こうして、お引留めなさいましな。」

二十三

寝衣《ねまき》に着換えさしたのであろう、その上衣と短胴服《チョッキ》、などを一かかえに、少し衣紋《えもん》の乱れた咽喉《のど》のあたりへ押《おッ》つけて、胸に抱《いだ》いて、時の間《ま》に窶《やつれ》の見える頤《おとがい》を深く、俯《うつ》向《む》いた姿《なり》で、奥の方六畳の襖《ふすま》を開けて、お若はしょんぼりして出て来た。

襖の内には炬燵《こたつ》の裾《すそ》、屏風《びょうぶ》の端。

背《うしろ》片手で密《そっ》とあとをしめて、三畳ばかり暗い処で姿が消えたが、静々と、十畳の広室《ひろま》に顕《あらわ》れると、二室《ふたま》越二重《ふたえ》の襖、いずれも一枚開けたままで、玄関の傍《わき》なるそれも六畳、長火鉢にかんかんと、大形の台洋燈《だいランプ》がついてるので、あかりは青畳の上を辷《すべ》って、お若の冷たそうな、爪先《つまさき》が、そこにもちらちらと雪の散るよう、足袋は脱いでいた。

この灯《あかり》がさしたので、お若は半身を暗がりに、少し伸上るようにして透《すか》して見ると、火鉢には真鍮《しんちゅう》の大薬鑵《おおやかん》が懸《かか》って、も一ツ小鍋《こなべ》をかけたまま、お杉は行儀よく坐って、艶々《つやつや》しく結った円髷《まるまげ》の、その斑布《ばらふ》の櫛《くし》をまともに見せて、身動きもせずに仮睡《いねむり》をしている。

差覗《さしのぞ》いてすっと身を引き、しばらく物音もさせなかったが、やがてばったり、抱えてたものを畳に落して、陰々として忍泣《しのびなき》の声がした。

しばらくすると、密《そっ》とまたその着物を取り上げて、一ツずつ壁の際なる衣桁《いこう》の亙《わたし》。

お若は力なげに洋袴《ずぼん》をかけ、短胴服《チョッキ》をかけて、それから上衣を引《ひっ》かけたが、持ったまま手を放さず、じっと立って、再び密《そっ》と爪立《つまだ》つようにして、間《ま》を隔ってあたかも草双紙の挿絵を見るよう、衣《きぬ》の縞《しま》も見えて森閑と眠っている姿を覗くがごとくにして、立戻って、再三衣桁にかけた上衣の衣兜《かくし》。

しかもその左の方を、しっかと取ってお若は思わず、

「ああ、厭《いや》だっていうんだもの、」と絶入るように独言《ひとりごと》をした。あわれこうして、幾久しく契《ちぎり》を籠《こ》めよと、杉が、こうして幾久しく契を籠めよと！

お若は我を忘れたように、じっとおさえたまま身を震わして、しがみつくようにするトタンに、かちりと音して、爪先へ冷《ひや》りと中《あた》り、総身に針を刺されたように慄《ぞっ》と寒気を覚えたのを、と見ると一挺《ちょう》の剃刀《かみそり》であった。

「まあ、恐《こわ》いことねえ。」

なお且つびっしょり濡れながら袂《たもと》の端に触れたのは、包んで五助が方《かた》へあつらえた時のままなる、見覚えのある反故《ほご》である。

お若はわなわなと身を震わしたが、左手《ゆんで》に取ってじっと見る間に、面《おもて》の色が颯《さっ》と変った。

「わッ。」

というと研屋《とぎや》の五助、喚《わめ》いて、むツくと弾《は》ね起きる。炬燵の向うにころりとせ、貧乏徳利を枕にして寝そべっていた鏡研《かがみとぎ》の作平、もやい蒲団《ぶとん》を弾反《はねかえ》されて寝惚声《ねぼけごえ》で、

「何じゃい、騒々しい。」

五助は服《きもの》はだけに大の字形《なり》の名残《なごり》を見せて、蟇《ひきがえる》のような及腰《およびごし》、顔を突出して目を睜《みは》って、障子越に紅梅屋敷の方《かた》を瞻《みつ》めながら、がたがたがたがた、

「大変だ、作平さん、大変だ、ひ、ひ、人殺し！」

「貧乏神が抜け出す前兆《しらせ》か、恐しく怯《おど》されるの、しっかりさっししっかりさっし。」

といいながら、余り血相のけたたましさに、捨ておかれずこれも起きる。枕頭《まくらもと》には大皿に刺身のつま、猪口《ちょく》やら箸《はし》やら乱暴で。

「いや、お前《めえ》しっかりしてくれ、大変だ、どうも恐しい祟《たたり》だぜ、一方《ひとかた》ならねえ執念

だ。」

化粧の名残

二十四

「とうとうお前《めえ》、旗本の遊女《おいらん》が惚《ほ》れた男の血筋を、一人紅梅屋敷へ引込んだ、同一理《おなじ》窟で、お若さんが、さ、さ、先刻《さっき》取り上げられた剃刀《かみそり》でやっぱり、お前、とても身分違いで思《おもい》が叶《かな》わぬとッて、そ、その男を殺すというのだい。今行水を遣《つか》ってら、」

「何をいわっしゃる、はははは、風邪を引くぞ、うむ、夢じゃわ夢じゃわ。」

「はて、しかし夢か、」とぼんやりして腕を組んだが、

「待てよ、こうだによってと、誰か先刻《さっき》ここの前へ来て二上屋の寮を聞いたものはねえか。」

「おお、」

作平も膝を叩いた。

「そういやあある。お前《めえ》は酔っぱらってぐうぐうじゃ、何かまじまじとして私《わし》あ寐《ね》られん、一時《いっとき》半ばかり前に、恐しく風が吹いた中で、確《たしか》に聞いた、しかも少《わか》い男の声よ。」

「それだそれだ、まさしくそれだ、や、飛んだこッた。お前《めえ》、何でも遊女《おいらん》に剃刀を授かって、お若さんが、殺してしまうと、身だしなみのためか、行水を、お前、行水ッて湯殿でお前、小桶《こおけ》に沸《わき》ざましの薬鑵《やかん》の湯を打《ぶ》ちまけて、お前、惜気もなく、肌を脱ぐと、懐にあった剃刀を啣《くわ》えたと思いねえ。硝子戸《がらすど》の外から覗《のぞ》いてた、私《わし》が方を仰向《あおむ》いての、仰向くとその拍子に、がッくり抜けた島田の根を、邪慳《じゃけん》に引《ひっ》つかんだ、顔色《かおつき》ッたら、先刻《さっき》見た幽霊にそッくりだあ、きゃあッともいおうじゃあねえか、だからお前、疾《はや》く行って留めねえと。」

「そして男を殺すとでもいうたかい、」

「いや、私《わし》が夢はお前《めえ》の夢、ええ、小じれッてえ。何でもお前が紅梅屋敷を教えたからだ。今思やうつつだろうか、晩方しかも今日研立《とぎたて》の、お若さんの剃刀を取られたから、気になって、気になって堪《たま》るめえ。

処へ夜が更けて、尋ねて行《ゆ》くものがあるから、おかしいぜ、此奴《こいつ》、贔屓《ひいき》の田之助に怪我でもあっちゃあならねえと、直ぐにあとをつけて行《ゆ》くつもりだっけ、例の臆病《おくびょう》だから叶わねえ、不性《ぶしょう》をいうお前を、引張出《ひっぱりだ》して、夢にも二人づれよ。」

「やれやれ御苦労千万。」

「それから戸外《おもて》へ出ると雪はもう留《や》んでいた、寮の前へ行《ゆ》くとひっそりかんよ。人騒せなと、思ったけれど、あやまる分と、声をかけて、戸を叩いたけれど返事がねえ。

いよいよ変だと思うから大声で喚《わめ》いてドンドンやったが、成るほど夢か。叩くと音がしねえ、思うように声が出ねえ。我ながら向う河岸の渡船《わたしぶね》を呼んでるようだから、構わず開けて入ろうとしたが掛金がっちりだ。

どこか開《あ》く処があるめえかと、ぐるぐる寮の周囲《まわり》を廻る内に、湯殿の窓へあかりがさすわ。

はて変だわえ、今時分と、そこへ行って覗《のぞ》いた時、お若さんが寝乱れ姿で薬鑵を提げて出て来たあ。とまず安心をして凄《すご》いように美しい顔を見ると、目を泣腫《なきは》らしています、ね。どうしたかと思う内に、鹿《か》の子の見覚えある扱《しごき》一ツ、背後《うしろ》へ縮緬《ちりめん》の羽織を引振《ひっぷる》って脱いでな、褄《つま》を取って流《ながし》へ出て、その薬鑵の湯を打《ぶ》ちまけると、むっとこう霧のように湯気が立ったい、小棚から石鹼を出して手拭《てぬぐい》を突込《つっこ》んで、うつむけになって顔を洗うのだ。ぐらぐらとお前その時から島田の根がぬけていたろうじゃねえか。

それですっぱりと顔を拭《ふ》いてよ、そこでまた一安心をさせながら、何と、それから丸々ッちい両肌を脱いだんだ、それだけでも悚《ぞっ》とするのに、考えて見りゃちっと変だけれど、胸の処に剃刀が、それがお前《めえ》、（五助さん、これでしょう。）と晩方遊女《おいらん》が遣《や》った図にそっくりだ。はっと思うトタンに背向《うしろむき》になって仰向けに、そうよ、上口《あがりぐち》の方にかかった、姿見を見た。すると髪がざらざらと崩れたというもんだ、姿見に映った顔だぜ、その顔がまた遊女《おいらん》そのままだから、キャッといったたい。」

二十五

されば五助が夢に見たのは、欽之助が不思議の因縁で、雪の夜《よ》に、お若が紅梅の寮に宿ったについての、委《くわ》しい順序ではなく、遊女の霊が、見棄てられたその恋人の血筋の者を、二上屋の女《むすめ》に殺させると叫んだのも、覚際《さめぎわ》にフト刺戟された想像に留《とど》まったのであるが、しかしそれは不幸にも事実であった。宵におびやかされた名残《なごり》とばかり、さまでには思わなかった作平も、まさしく少《わか》い声の男に、寮の道を教えたので、すてもおかず、ともかくもと大急ぎで、出掛ける拍子に、棒を小腋《こわき》に引きそばめた臆《おく》病《びょう》ものの可笑《おかし》さよ。

戸外《おもて》へ出ると、もう先刻《さっき》から雪の降る底に雲の行交《ゆきか》う中に、薄く隠れ、鮮かに顕《あらわ》れていたのがすっかり月の夜《よ》に変った。火の番の最後の鉄棒《かなぼう》遠く響いて廓《くるわ》の春の有明なり。

出合頭《であいがしら》に人が一人通ったので、やにわに棒を突立てたけれども、何、それは怪しいものにあらず、

「お早うがすな。」と澄《すま》して土手の方へ行った。

積んだ薪《たきぎ》の小口さえ、雪まじりに見える角の炭屋の路地を入ると、幽《かすか》にそれかと思う足あとが、心ばかり飛々《とびとび》に凹《くぼ》んでいるので、まず顔を見合せながら進んで門口《かどぐち》へ行《ゆ》くと、内は寂《しん》としていた。

これさえ夢のごときに、胸を轟《とどろ》かせながら、試みに叩いたが、小塚原《こつかッぱら》あたりでは狐の声とや怪しまんと思わるるまで、如月《きさらぎ》の雪の残月に、カンカンと響いたけれども、

返事がない。

猶予ならず、庭の袖垣を左に見て、勝手口を過ぎて大廻りに植込の中を潜《くぐ》ると、向うにきらきら水銀の流るるばかり、湯殿の窓が雪の中に見えると思うと、前の溝と覚しきに、むらむらと薄くおよそ人の脊丈ばかり湯気が立っていた。

これにぎょッとして五助、作平、湯殿の下へ駆けつけた時はもう喘《あえ》いでいた。逡巡《しりごみ》をする五助に入交《いれかわ》って作平、突然《いきなり》手を懸けると、誰《た》が忘れたか戸締《とじまり》がないので、硝子窓《がらすまど》をあけて跨《また》いで入ると、雪あかりの上、月がさすので、明かに見えた真鍮《しんちゅう》の大薬鑵。蓋《ふた》と別々になって、うつむけに引《ひっ》くりかえって、濡手拭《ぬれてぬぐい》を桶《おけ》の中、湯は沢山にはなかったと思われ、乾き切って霜のような流《ながし》が、網を投げた形にびっしょりであった。

上口から躍込むと、あしのあとが、板の間の濡れたのを踏んで、肝を冷しながら、明《あかり》を目的《めあて》に駆けつけると、洋燈《ランプ》は少し暗くしてあったが、お杉は端然《ちゃんと》坐ったまま、その髷《まげ》、その櫛《くし》、その姿で、小鍋をかけたまま凍ったもののごとし。ただいつの間にか、先刻《さっき》欽之助が脱いだままで置いて寝に行った、結城《ゆうき》の半纏《はんてん》を被《き》せかけてあった。とお杉はこれをいって今もさめざめと泣くのである。

五助、作平は左右より、焦《いら》って二ツ三ツ背中をくらわすと、杉はアッといって、我に返ると同時に、

「おいらんが、遊女《おいらん》が、」と切なそうにいった。

半纏はお若が心優しく、いまわの際にも勦《いたわ》ってその時かけて行ったのであろう。後にお杉はうつつながら、お若が目前《まのあたり》に湯を取りに来たことも、しかもまくり手して重そうに持って湯殿の方《かた》へ行ったことも、知っていたが、これよりさき朦朧《もうろう》として雪ぢらしの部屋着を被《き》た、品の可《い》い、脊の高い、見馴《みな》れぬ遊女《おいらん》が、寮の内を、あっちこっち、幾たびとなくお若の身に前後して、お杉が自分で立とうとすると、屹《きっ》と睨《にら》まれて身動きが出来ないのであったと謂《い》う。

とこういうべき暇《いとま》あらず、我に復《かえ》るとお杉も太《いた》くお若の身を憂慮《きづか》っていたので、飛立つようにして三人奥の室《ま》へ飛込んだが、噫《ああ》。

既に遅矣《おそし》、雪の姿も、紅梅も、狼藉《ろうぜき》として韓紅《からくれない》。

狂気のごとくお杉が抱き上げた時、お若はまだ呼吸《いき》があったが、血の滴る剃刀を握ったまま、

「済みませんね、済みませんね。」と二声いったばかり、これはただ皮を切った位で

あったけれども暁を待たず。

男は深疵《ふかで》だったけれども気が確《たしか》で、いま駆《かけ》つけた者を見ると、

「お前方、助けておくれ、大事な体だ。」

といったので、五助作平、腰を抜いた。

この事実は、翌早朝、金杉の方から裏へ廻って、寮の木戸へつけて、同一《おなじ》枕に死骸を引取って行った馬車と共によく秘密が守られた。

しかし馬車で乗《のり》つけたのは、昨夜《ゆうべ》伊予紋へ、少将の夫人の使《つかい》をした、橘《たちばな》という女教師と、一名の医学士であった。

その診察に因って救うべからずと決した時、次の室《ま》に畏《かしこま》っていた、二上屋藤三郎すなわちお若の養父から捧げられたお若の遺書《かきおき》がある。

橘は取って披見した後に、枕頭《まくらもと》に進んで、声を曇らせながら判然《はっきり》と読んで聞かせた。

この意味は、人の想像とちっとも違《たが》わぬ。

その時まで残念だ、と呼吸《いき》の下でいって、いい続けて、時々歯噛《はがみ》をしていた少年は、耳を澄《すま》して、聞き果てると、しばらくうっとりして、早や死の色の宿ったる蒼白《そうはく》な面《おもて》を和《やわら》げながら、手真似《てまね》をすること三度ばかり。

医学士が頷《うなず》いたので、橘が筆をあてがうと、わずかに枕を擡《もた》げ、天地紅《べに》の半切《＊はんきれ》に、薄墨のあわれ水茎の蹟《あと》、にじり書《がき》の端に、わか 参《まいらせそろ》 とある上へ、少し大きく、佳《い》い手で脇屋欽之助つま、と記して安かに目を瞑《ねむ》った。

一座粛然。

作平は啜泣《すすりなき》をしながら、

「おめでてえな。」

五助が握拳《にぎりこぶし》を膝に置いて、

「お若さん、喜びねえ。」

明治三十四年四月「新小説」

＊半切　「今戸心中」注参照。

解説

川本三郎

永井荷風は『中央公論』昭和十年三月号に寄せた随筆「里の今昔」で吉原の思い出を語っているが、原稿執筆時の「昭和甲戌」（昭和九年）の数年前に吉原という「古き名所」はすでに「滅亡」してしまったと書いている。

荷風は土地や風景が盛りの時にはさほど興味を示さない。次第に勢いを失ない、寂れてゆく時になって心惹かれてゆく。吉原についてもそうで、昭和になって吉原が昔の姿をなくしてゆく時になって、昔の吉原を懐かしく思い出している。

荷風がはじめて吉原の遊里に行ったのは明治三十（一八九七）年の春、十八歳の頃。前年に樋口一葉の『たけくらべ』と広津柳浪の『今戸心中』が発表され、それを読んで吉原界隈を「歩き廻った」。登楼とは別に、吉原あたりの地誌に興味を覚えたことがうかがえる。東京散策者としての真骨頂が早くもあらわれている。

吉原はいうまでもなく江戸時代からの遊里。

日本の社会は近代になっても男女交際は自由ではなかった。ために男の側の必要から遊里が公然と作られた。吉原は公許の遊び場である。

明治四十四年生まれ、花柳界に詳しい作家、野口冨士男は、丸谷才一との対談（丸谷才一選『花柳小説名作選』集英社文庫、一九八〇年）のなかで若き日を思い出して語っている。

「（大正時代）およそ男女交際というものがなかった」「それで男女交際がどこで行なわれるかというと、花柳界で行なわれるわけで、ぼくなんかもそういう遊びをすることによって、やっと大人になったという気がするんです」

いわば男の通過儀礼として吉原が存在した。荷風が十八歳の時に吉原に出かけたのも通過儀礼の意味があった。

荷風の場合、さらに明治人らしい倫理観がある。遊ぶのはあくまで玄人の女性であって素人の女性には手を出さない。「つまり、女は金で買うべきであって、同じ階級の女性と対等の恋愛をすることは、罪悪であるという、今日のモラルとは正反対の倫理観を抱いていた」（『つゆのあとさき』解説、中村真一郎、岩波文庫、一九八七年）。

そうした現代人とは正反対の考えを持つ荷風にとって遊里は貴重な、特別の場所となった。

「里の今昔」は、荷風が昭和二年に吉原界隈を歩いた時の感想から書きはじめられている。あたりの風景は、往時の面影をなくしていた。そこから「古き名所」をよみがえらせてくれる文学作品として樋口一葉『たけくらべ』、広津柳浪『今戸心中』、そして泉鏡花『註文帳』の三作を挙げる。

『たけくらべ』は、遊里そのものより、その周辺の町に生きる子供たちの姿に焦点を当てている。従って花柳小説にありがちな閨房描写はない。一葉が暮らした大音寺前の長屋が並ぶ陋巷《ろうこう》が舞台。吉原の隣りに位置しているから、住人は遊里に頼って生きている。この町で生まれ育った十四歳の少女、美登利と、十五歳の少年、信如の、恋とも呼べない淡い思春期の感情が描かれてゆく。

美登利の姉は吉原の遊女。美登利もいずれは同じ道を進むことになる。一方の信如は、龍華寺の跡取り息子。小学校を途中で終え、僧林へと入ってゆく。幼なじみが、「子供時代の終わり」と共に、違う世界へと別れてゆく。

遊里のある町で育った少女は、当然のように遊女になってゆく。僧侶の子は僧侶へ。明治時代、いまと違って「子供時代」は短く、はかない。瀬戸内寂聴は前田愛との『対談紀行 名作のなかの女たち』(角川書店、一九八四年)のなかで、『たけくらべ』を、初潮を描いた最初の小説と評しているが、少女にとって初潮は子供時代の終わりを意味していて、美登利はこのあと大人の世界へと入ってゆく。

幼なじみの少女が、玄人の女性になって少年と別れざるを得ない。この構図は、荷風の『すみだ川』(明治四十二年)の、芸者になってゆく幼なじみのお糸と、学業に励まなければならない長吉の関係に受け継がれている。

さらに、信如が別れのしるしに残したと思われる造花の水仙は、荷風『濹東綺譚』の、「わたくし」が玉の井の私娼、お雪と別れることに決めた時に、夜店で買う鉢植えの常夏の花に対応していよう。

『たけくらべ』は町の描写が素晴らしい。

人力車夫の子供で道化者の三五郎や、鳶人足の頭の息子で乱暴者の長吉、金貸しの子で餓鬼大将でいながら美登利を慕う正太郎など子供たちが日々暮らす、小商いの店が並ぶ横町、遊里と寺という俗と聖が重なり合った町、夏祭りや酉の市でにぎわう町。

荷風が『たけくらべ』を高く評価するのは一葉のそうした風景描写の確かさゆえだろう。

もうひとつ大事なことがある。遊ぶのはつねに玄人の女性と決めていた荷風は、決して彼女たちを見下していなかった。だから『腕くらべ』で芸者を、『つゆのあとさき』でカフェの女給を、『濹東綺譚』で私娼を的確に描き出した。

樋口一葉もまた『たけくらべ』で、やがてその姉と同じように遊女になってゆく美登利を、わが隣人として親しみを込めて描き出した。明治から戦前昭和にかけて、遊里が数多く存在した下町の人間には、そうした親近感が日常的にあった。

それは荷風が生まれ育った山の手にはないものだった。荷風が山の手の子でありながら下町を愛した一因はここにある。

「草紅葉」という名随筆（昭和二十一年『中央公論』）のなかで荷風は、下町の女性たちのあいだでは郭内にいる女性たちに対する「一種の尊敬」があったと興味深いことを書いている。

昭和十三、四年頃、ある時、荷風は浅草の踊子たちと吉原あたりを歩いていた。芸者とすれ違った。その時の踊子たちの態度を見て荷風は書く。「（踊子たちは）廓内の女達が其周囲のものから一種の尊敬を以て見られていた江戸時代からの古い伝統が、昭和十三四年の其日までまだ滅びずに残っていたことを確めた」。

荷風が『たけくらべ』だけではなく広津柳浪の『今戸心中』、泉鏡花の『註文帳』に惹かれるのも、基本は、どちらの作品も廓内の女性たちに「一種の尊敬」があるからに他ならない。

『今戸心中』は、実際にあったという吉原の遊女吉里と、日本橋富沢町の古着屋の主人、善吉の心中に材を得ているという。

今戸は現在も浅草の北に町名が残る。隅田川と吉原のあいだの町。以前は今戸焼といって、素焼きの蚊遣りなど日用の焼物の産地として知られた。荷風『すみだ川』で、長吉が常磐津《ときわづ》の師匠をしている母親と共に暮している家が今戸に設定されているのは、『今戸心中』を意識しているためかもしれない。

この小説の主人公、遊女吉里は心中することになる善吉という男を必ずしも思っていたわけではない。もともとは平田という美男の青年を好いていたが、青年が家の事情で故郷に帰ってしまったので、それまで何度も自分のために登楼し、店を駄目にしてしまった善吉に同情する形で、隅田川に身を沈めた。

荷風は、この遊女の純情に惹かれて『今戸心中』を『たけくらべ』と並んで取り上げたのだろう。遊廓での色恋沙汰はしょせん作りものと言われるなかに、あえて死を選んだ吉里の心の不思議に、玄人の女性にしか心惹かれない荷風は、遊女の悲しさを見たのかもしれない。

泉鏡花『註文帳』は、鏡花らしい一種の怪談になっている。

吉原の遊里を相手に細々と商売をする剃刀《かみそり》の研師《とぎし》と、鏡の磨師《みがきし》という、いわば吉原の周縁に生きる職人を主人公にしているのが目を惹く。

剃刀は日常的に使う道具だが、突然、凶器にもなる。その怖さがこの小説にはある。「十九日」という研師にとっての厄日に、剃刀の祟《たたり》で凶事が起る。雪の日という設定が鏡花らしい。

もうひとつ、この小説で着目したいのは、想う男を剃刀で殺す遊女が、江戸時代の旗本の娘であるという設定。明治維新、つまり幕府側から言えば「瓦解」によって没落した旧幕の娘には、やむなく苦界《くがい》に身を沈めた不幸な者が多かった。『註文帳』の遊女はそのひとり。荷風は『夢の女』で、旧幕の娘が洲崎《すさき》遊廓の娼妓になる姿を描いている。

遊里は二つの面を持つ。ひとつは、男女交際がいまのように自由でなかった時代の、男女の社交場だった。もうひとつは言うまでもなく女性から見れば「苦界」だった。荷風は両方を見すえながら、その中間に、理想郷のような吉原を、そんなことは不可能と知りながら描きたかったのではないか。

昭和十二年に「朝日新聞」(「東京」「大阪」の各夕刊)に発表された玉の井を舞台にした『濹東綺譚』のあと、荷風は次に吉原を舞台にした小説を書こうと思い立ち、何度も吉原に足を運んだ。

しかし、結局は成らなかった。

吉原はあまりに変わり過ぎてしまい、『濹東綺譚』のお雪のような「ミューズ」を求めることが出来なくなったことが大きい。

関東大震災のあとモダン都市として発展してゆく東京では次々に昔の風景が失なわ

れてゆく。吉原ももう昔の吉原ではない。

その時になってはじめて荷風の前に『たけくらべ』『今戸心中』『註文帳』が貴重なものとしてあらわれた。

（かわもと・さぶろう　評論家）

底本

里の今昔　『荷風全集』第一四巻（中央公論社、一九五〇年）
たけくらべ『日本の文学』第五巻（中央公論社、一九六八年）
今戸心中『日本の文学』第七七巻（中央公論社、一九七〇年）
註文帳　『泉鏡花集成3』（ちくま文庫、一九九六年）

付記

一、本書は中公文庫オリジナルです。
一、「里の今昔」中の引用は本書の該当箇所と合わせました。
一、「里の今昔」については、旧字旧かな遣いを新字新かな遣いに改めました。
一、明らかな誤植と思われる箇所は訂正し、難読と思われる語にはルビを付しました。
一、本文中、今日の人権意識に照らして不適切な語句や表現が見受けられますが、著者が故人であること、執筆当時の時代背景と作品の文化的価値に鑑みて、底本のままとしました。

中公文庫

小説集《しょうせつしゅう》
吉原《よしわら》の面影《おもかげ》

2020年9月25日　初版発行

著　者　永《なが》井《い》荷《か》風《ふう》
　　　　樋《ひ》口《ぐち》一《いち》葉《よう》
　　　　広《ひろ》津《つ》柳《りゅう》浪《ろう》
　　　　泉《いずみ》鏡《きょう》花《か》

発行者　松田陽三

発行所　中央公論新社
　　　　〒100-8152　東京都千代田区大手町1-7-1
　　　　電話　販売　03-5299-1730　編集　03-5299-1890
　　　　URL http://www.chuko.co.jp/

ＤＴＰ　嵐下英治
印　刷　三晃印刷
製　本　小泉製本

Published by CHUOKORON-SHINSHA, INC.
Printed in Japan　ISBN978-4-12-206936-7 C1193

定価はカバーに表示してあります。落丁本・乱丁本はお手数ですが小社販売部宛お送り下さい。送料小社負担にてお取り替えいたします。

各書目の下段の数字はISBNコードです。978-4-12が省略してあります。

中公文庫既刊より

な-73-1
麻布襍記《あざぶざっき》 附・自選荷風百句
永井荷風
東京・麻布の偏奇館で執筆した小説「雨瀟瀟」「雪解」、随筆「花火」「偏奇館漫録」等を収める抒情的散文集。初の文庫化。〈巻末エッセイ〉須賀敦子
206615-1

な-73-2
葛飾土産
永井荷風
石川淳が「戦後はただこの一篇」と評した表題作ほか、短篇・戯曲・随筆を収めた戦後最初の作品集。久保田万太郎の同名戯曲、石川淳「敗荷落日」を併録。
206715-8

な-73-3
鷗外先生 荷風随筆集
永井荷風
師・森鷗外、足繁く通った向島・浅草をめぐる文章と、自伝的作品を併せた文庫オリジナル編集。巻末に谷崎潤一郎、正宗白鳥の批評を付す。〈解説〉森まゆみ
206800-1

う-9-4
御馳走帖
内田百閒《ひゃっけん》
朝はミルク、昼はもり蕎麦、夜は山海の珍味に舌鼓をうつ百閒先生の、窮乏時代から知友との会食まで食味の楽しみを綴った名随筆。〈解説〉平山三郎
202693-3

う-9-5
ノラや
内田百閒
ある日行方知れずになった野良猫の子ノラと居つきながらも病死したクルツ。二匹の愛猫にまつわる愛情と機知とに満ちた連作14篇。〈解説〉平山三郎
202784-8

う-9-12
百鬼園戦後日記Ⅰ
内田百閒
『東京焼盡』の翌日、昭和二十年八月二十二日から二十一年十二月三十一日までを収録。掘立て小屋の暮しを飄然と綴る。〈巻末エッセイ〉谷中安規（全三巻）
206677-9

う-9-13
百鬼園戦後日記Ⅱ
内田百閒
念願の新居完成。焼き出されて以来、三年にわたる小屋暮しは終わる。昭和二十二年一月一日から二十三年五月三十一日までを収録。〈巻末エッセイ〉高原四郎
206691-5

う-9-14
百鬼園戦後日記Ⅲ
内田百閒
自宅へ客を招き九晩かけて還暦を祝う。昭和二十三年六月一日から二十四年十二月三十一日まで。索引付。〈巻末エッセイ〉平山三郎・中村武志〈解説〉佐伯泰英
206704-2

お-2-10
ゴルフ 酒 旅
大岡昇平
獅子文六、石原慎太郎ら文士とのゴルフ、一年におよぶ米欧旅行の見聞……。多忙な作家の執筆の合間には、いつも「ゴルフ、酒、旅」があった。〈解説〉宮田毬栄
206224-5

お-2-18
成城だより 付・作家の日記
大岡昇平
文学、映画、漫画……闊達に綴った日記文学。一九七九年十一月から八〇年十月まで。「作家の日記」を併録。全三巻。〈巻末付録〉小林信彦・三島由紀夫
206765-3

お-2-19
成城だよりⅡ
大岡昇平
六十五年を読書にすごせし、わが一生、本の終焉と共に終らんとす――。大いに読み、書く日々。一九八二年一月から十二月まで。〈巻末エッセイ〉保坂和志
206777-6

お-2-20
成城だよりⅢ
大岡昇平
とにかくひどい戦後四十年目だった――。防衛費一％枠撤廃、靖国参拝……戦後派作家の慷慨。一九八五年一月から十二月まで。全巻完結。〈解説〉金井美恵子
206788-2

か-30-6
伊豆の旅
川端康成
著者の第二の故郷であった伊豆を舞台とする小説と随筆から、代表的な短篇「伊豆の踊子」、随筆「伊豆序説」など、全二十五篇を収録。〈解説〉川端香男里
206197-2

く-2-2
浅草風土記
久保田万太郎
横町から横町へ、露地から露地へ。「雷門以北」「浅草の喰べもの」ほか、生粋の江戸っ子文人による詩趣豊かな浅草案内。〈巻末エッセイ〉戌井昭人
206433-1

た-43-2
詩人の旅 増補新版
田村隆一
荒地の詩人はウイスキーを道連れに各地に旅立った。北海道から沖縄まで十二の紀行と「ぼくのひとり旅論」を収める〈ニホン酔夢行〉。〈解説〉長谷川郁夫
206790-5

各書目の下段の数字はISBNコードです。978－4－12が省略してあります。

て-8-1
地震雑感／津浪と人間 寺田寅彦随筆選集
寺田寅彦
千葉俊二
細川光洋 編
寺田寅彦の地震と津浪に関連する文章を集めた。地震国難の地にあって真の国防を訴える警告の書。小宮豊隆宛震災絵はがき十葉の図版入。〈解説・註解〉千葉俊二・細川光洋
205511-7

て-8-3
漱石先生
寺田寅彦
自他共に認める別格の弟子が文豪の素顔を親愛の情を籠めて綴る。高等学校での出会いから周辺に集う人々まで。文庫オリジナル。〈巻末エッセイ〉中谷宇吉郎
206908-4

ふ-22-4
編集者冥利の生活
古山高麗雄
安岡章太郎「悪い仲間」のモデル、『季刊藝術』の同人として知られた芥川賞作家の自伝的エッセイ&交友録。表題作ほか初収録作品多数。〈解説〉荻原魚雷
206630-4

や-1-2
安岡章太郎 戦争小説集成
安岡章太郎
軍隊生活の滑稽と悲惨を巧みに描いた長篇「遁走」ほか、短篇五編を含む文庫オリジナル作品集。巻末に開高健との対談「戦争文学と暴力をめぐって」を併録。
206596-3

や-1-3
とちりの虫
安岡章太郎
ユーモラスな自伝的回想、作家仲間とのやりとり、鋭く笑える社会観察など、著者の魅力を凝縮した随筆集。阿川弘之と遠藤周作のエッセイも収録。〈解説〉中島京子
206619-9

や-1-4
私の濹東綺譚 増補新版
安岡章太郎
名作の舞台と戦争へと向かう時代を合わせて読み解く、昭和の迷宮への招待状。評論「水の流れ」を増補し、荷風『濹東綺譚』を全編収載。〈解説〉高橋昌男
206802-5

や-1-5
利根川・隅田川
安岡章太郎
流れに魅せられた著者が踏査したユニークな利根川紀行と、空襲前の東京の面影をとどめていた隅田川の思い出を綴った好エッセイ。〈巻末エッセイ〉平野 謙
206825-4

よ-17-14
吉行淳之介娼婦小説集成
吉行淳之介
赤線地帯の疲労が心と身体に降り積もり、街から抜け出せなくなる繊細な神経の女たち。「赤線の娼婦」を描いた全十篇に自作に関するエッセイを加えた決定版。
205969-6